CE QUI PLAISAIT
À BLANCHE

DU MÊME AUTEUR

LES ENFANTS DE SATURNE, Grasset, 1996.
AURORE, Grasset, 2001.
LA DERNIÈRE FEMME, Grasset, 2006.
CE QUE NOUS AVONS EU DE MEILLEUR, Grasset, 2008.
L'HYPOTHÈSE DES SENTIMENTS, Grasset, 2012.
DICTIONNAIRE AMOUREUX DE MARCEL PROUST, Grasset-Plon, 2014 (en collaboration avec Raphaël Enthoven).
SAISONS DE PAPIER, I, Grasset, 2016.

JEAN-PAUL ENTHOVEN

CE QUI PLAISAIT À BLANCHE

roman

BERNARD GRASSET
PARIS

Illustrations :
Nancy Cunard par Man Ray : © Man Ray 2015 Trust / Adagp, Paris 2020 / AKG images.
Octave Tassaert, La femme damnée. DR
Photo de la place. DR

ISBN : 978-2-246-80288-4

AVANT-PROPOS

J'ai rencontré l'auteur de ce livre, voici vingt ans, sur la terrasse du Grand Hôtel de Capri. Il était alors diplomate et avait occupé plusieurs responsabilités consulaires à Naples et à Florence, ce qui avait intrigué sur-le-champ le stendhalien que j'étais déjà et que je m'efforce d'être encore – même si, l'âge venu, je me suis un peu éloigné de cette religion littéraire qui ne sied qu'à la jeunesse.

Je me souviens encore avec précision de son beau visage d'homme mûr et fièrement engagé dans sa cinquantaine, de ses vêtements choisis avec goût, de son regard métallique de prédateur nonchalant et légèrement hautain. Les Italiens ont un mot ancien et intraduisible, « sprezzatura », que leur avait forgé Baldassarre Castiglione, pour désigner cette façon de mettre en scène le naturel, d'allier le chic à l'art de paraître, et de séduire sans s'être efforcé de plaire.

Cet homme était désormais Ministre Conseiller à l'ambassade de France à Rome, tout en affectant de n'accorder aucune importance à sa vie professionnelle. Son patronyme, surtout, ne m'était pas inconnu : il renvoyait à une lignée de personnages éminents, d'industriels respectables, de serviteurs de l'État, qui était assez fameuse en France, et même en Europe. On comprendra que si je ne le mentionne pas ici, c'est pour les raisons mêmes qui me contraignent aujourd'hui à écrire cet avant-propos.

Peu importe le prétexte de notre conversation, ainsi que l'enchaînement de situations qui nous avaient engagés l'un vers l'autre. Il devait être mon aîné d'à peine cinq ou six ans. Il attendait une visite. Moi aussi. Et nos excitations respectives avaient suffi à lancer nos échanges sur un ton de plaisante complicité. Sans doute, comme deux voyageurs encore méfiants, avions-nous commencé par évoquer l'architecture tourmentée des Faraglioni, la crise gouvernementale qui paralysait une fois de plus la Péninsule, la splendeur du crépuscule touristique qui incendiait la baie de Sorrente. Mais, bien vite, nous en étions arrivés à des considérations plus personnelles, comme il est fréquent entre deux individus raisonnablement vaniteux qui se jaugent et ne résistent pas au plaisir de suggérer leurs inclinations respectives. Mon interlocuteur, qui s'y connaissait – si j'en juge par l'attention qu'il portait aux jolies femmes qui se montraient sur la terrasse où nous nous trouvions –, était plus sensible à la beauté des Napolitaines qu'à celle des Toscanes, tandis que j'étais du parti inverse. Mis à part ce différend, secondaire quoique non négligeable, nous avions pu vérifier, à mesure que notre conversation se prolongeait, que nous partagions des opinions voisines sur l'existence en général, sur les plaisirs de la côte amalfitaine ou sur l'art de bien vivre dans une époque qui nourrissait déjà des suspicions de principe à l'endroit du bonheur. Nous affichions, l'un et l'autre, l'excellente humeur de deux individus encore vaillants, bien installés dans leurs corps, et qui se réjouissent de toutes les voluptés promises par un soir d'été capriote. Il n'en avait pas fallu davantage pour hâter les confidences et sceller, entre nous, un début de sympathie.

Je me souviens également que quelque chose, que je ne saurais nommer, me l'avait rendu insaisissable par instant. Comme si une ombre nerveuse, jaillissant de lui-même, venait, à intervalles réguliers, lester sa légèreté et éteindre son regard. Avait-il des soucis ? Redoutait-il quelque chose ? Était-il impatient ou préoccupé par le reste de sa soirée ? Il m'avait été impossible d'en juger, mais je m'étais promis de l'interroger à ce sujet, plus tard, si notre complicité se vérifiait. J'avais toutefois noté qu'il regardait souvent sa montre en ponctuant son geste d'un « pardonnez-moi… » qui signalait, tout ensemble, sa fébrilité et sa bonne éducation.

Il avait remarqué, ce soir-là, que j'avais avec moi, posé sur la table qui nous séparait, un exemplaire du Graziella *de Lamartine : « Comment pouvez-vous lire ça ? m'avait-il demandé d'un ton indigné… Franchement, qui peut croire à cette histoire ridicule ? À cette prose en pâte d'amandes ? Ce n'est pas de la littérature, c'est de la confiserie… »*

J'avais dû répondre en souriant que ce roman, dont le décor s'étalait sous nos yeux, ne méritait pas tant d'ironie, et qu'il n'était pas aussi vaporeux et douceâtre qu'on le prétend d'ordinaire. Je le relisais même avec un certain plaisir chaque fois que je séjournais à Capri et trouvais du charme, sinon de la vraisemblance, à son hypothèse d'une passion, fût-elle provisoire, entre une ravissante sauvageonne et un aristocrate à qui la société va bientôt enseigner le calcul, la rouerie et le mépris de classe. Il est vrai que j'avais, à ce moment précis de mon existence, envie de croire à la possibilité des grands sentiments et des amours immaculées. Telle ne devait pas être l'opinion de mon diplomate – que j'interrogeai à mon tour sur ses propres lectures. Sa réponse fut sans appel :

« Je lis et je relis toujours les mêmes écrivains… Des écrivains pessimistes et intelligents… »

Et d'énumérer, comme une prière, quelques noms : des moralistes français, quelques Viennois, des prosateurs à sang froid… Casanova, Proust, Cioran, Chamfort ou Benjamin Constant faisaient partie de ses lectures de chevet… Il m'avoua par ailleurs, comme s'il s'excusait d'un penchant suspect, qu'il nourrissait depuis toujours une véritable passion pour la poésie : « J'ai adoré Apollinaire, Verlaine, Baudelaire, Racine, me dit-il sur un ton dont l'exaltation me parut bien excessive… Et depuis quelques semaines, voyez-vous, je ne me sépare jamais des poèmes d'Aragon, qui ne sont pas toujours excellents, mais qui ont le pouvoir de me rendre heureux… »

Cette dernière considération m'avait surpris car j'avais alors bien lu, et même un peu fréquenté, l'auteur du Fou d'Elsa. *Sans le dénigrer, loin de là, j'avais une trop mauvaise opinion de sa personne et de sa canaillerie politique pour le ranger dans le ciel des artistes supérieurs. Je m'étais toutefois retenu de faire état de cette opinion personnelle, car elle aurait pu mettre un terme trop rapide à une aimable conversation.*

Le panthéon de mon interlocuteur en disait long sur son tempérament. On y entendait les emballements d'un cœur ardent et l'écho d'une mélancolie sous contrôle.

Quand, au détour d'une phrase, je lui appris que j'étais éditeur, son intérêt redoubla et il m'interrogea avec insistance sur cette profession qui l'intriguait, sur les petits secrets du métier, les auteurs à la mode, la publicité, les coulisses des prix littéraires. Il avait souvent songé à écrire des choses très personnelles, et s'y essayait à l'occasion, mais ne souhaitait pas que cela vînt contrarier sa carrière ou ternir le nom qu'il portait. Il le regrettait. D'autant que sa vie, à ce qu'il m'en suggéra, ne devait pas manquer d'épisodes piquants et dignes d'être rapportés.

Nos bavardages auraient pu durer mais, alors qu'il me proposait de le retrouver le lendemain, à la même heure, au même endroit, et de prolonger notre conversation par un dîner, le directeur de l'hôtel vint lui annoncer, en personne (ce qui signalait un événement d'importance), qu'il était demandé à la réception. Il s'interrompit au milieu d'une phrase, me lança un regard navré qui signifiait : « vous comprenez maintenant pourquoi je regardais ma montre… » – et prit congé sans plus attendre. Lorsqu'il repassa par la terrasse pour rejoindre la Piazzetta, il n'était plus seul. Il m'adressa à la dérobée un petit signe distant, sans prendre la peine de me présenter à la femme qui le précédait. J'avais quand même eu le temps d'entrevoir que celle-ci était d'une beauté stupéfiante et glacée.

Notre conversation du lendemain, hélas, n'eut jamais lieu, et pas davantage notre dîner, car ce nouvel ami, me fit-on savoir, avait dû retourner en urgence à Paris où une tragédie venait de l'endeuiller. « Un accident..., finit par me confier le directeur de l'hôtel. Son père est décédé brutalement... Crise cardiaque, semble-t-il... » – ce que les journaux ne manquèrent pas de confirmer avec tous les détails requis, vu la personnalité du défunt.

Malgré ce malheur soudain, et la précipitation qui avait dû s'ensuivre, ce gentleman avait pris la peine de me laisser une courte lettre. Elle était tournée avec pudeur. Et m'informait, sans plus, qu'il ne manquerait pas de me faire signe lors de son prochain passage à Paris si je voulais bien lui donner une adresse et un numéro de téléphone – ce que je fis, en lui exprimant, comme il se doit, mes condoléances les plus attristées.

Le reste de mon séjour fut enchanteur.

L'île de Capri, ainsi que la Graziella que j'attendais ce soir-là, avaient tenu toutes leurs promesses. Je me grisais de l'une et de l'autre. J'avais en tête de nouveaux projets et j'étais, pour tout dire, plus enthousiaste que je ne l'avais jamais été. Devais-je ce bien-être à ma visiteuse ? Au climat de cette île bénie ? À mes espérances ? C'est là le genre de questions auxquelles on se moque bien de répondre quand on a les nerfs en feu et le cœur battant.

Mon Ministre Conseiller tint parole et je le revis effectivement à Paris...

… mais vingt années, pas moins, s'étaient écoulées depuis la rencontre que je viens d'évoquer, et l'on admettra volontiers que l'esquisse de sympathie et la conversation qui nous avait rapprochés, m'étaient sorties de l'esprit.

Il s'était pourtant présenté en fin de journée rue des Saints Pères, à mon bureau d'éditeur, avait demandé à me voir, s'était fait annoncer comme « un ami de Capri », et j'avais compris, par pure intuition, qu'il s'agissait de lui.

Un instant plus tard, nous nous saluions avec effusion. J'étais ravi de le revoir car ma mémoire l'associait à un épisode plaisant. Après ces brèves retrouvailles, je l'installai dans mon bureau dont il inspecta, d'un œil distant, le mobilier, les gravures, la bibliothèque.

« Musset, Vigny, Chateaubriand… Encore Lamartine ! Toujours vos confiseurs… Vous n'avez pas changé ! » me dit-il sur un ton fataliste et courtoisement critique.

Puis, après un bref silence :

« … dans mon cas, c'est plutôt l'inverse… Je ne reconnais plus l'homme que je suis devenu… À l'exception de mes écrivains de toujours, que je continue de relire, tout s'est sérieusement dégradé autour de moi, et même en moi… »

Et, comme s'il se parlait à lui-même, il murmura, le regard vide, ce qui devait être le début d'un poème…

« Au violon s'use l'archet,
La pierre au jeu des ricochets… »

… avant de conclure : « Oui, c'est encore un poème d'Aragon… Vous voyez, mes goûts, eux, n'ont pas plus changé que les vôtres… À chacun sa ritournelle… »

On le sentait las, pensif, peut-être malade. Son allure s'était sensiblement froissée même si ses vêtements, toujours impeccables, le maintenaient dans un bel aspect. Son éclat, qui m'avait jadis impressionné, semblait avoir été terni. Il parlait maintenant à voix basse et agitait ses mains comme s'il lui fallait chasser des insectes ou des présences invisibles. Il sortait souvent de la poche de sa veste un bracelet d'ambre qu'il faisait distraitement tournoyer, comme un petit cerceau, autour de son index.

Il m'annonça enfin que, depuis la mort de son père, les conditions matérielles de son existence n'étaient plus les mêmes. Sans être devenu vraiment riche, il était désormais très à l'aise et avait pu, peu de temps après notre première rencontre, se dispenser d'exercer un métier. C'est sans regret qu'il avait quitté cette carrière diplomatique pour laquelle, de toute façon, il ne se sentait pas fait.

Il avait surtout, ajouta-t-il, « changé de vie » à la suite d'événements « complexes » et « très particuliers » dont il n'avait pas l'intention de m'entretenir pour l'instant. Il était enfin résolu à se lancer dans l'écriture d'un récit qui lui importait par-dessus tout.

Bien entendu, je l'encourageai, comme je l'ai toujours fait avec les écrivains débutants, fussent-ils d'un certain âge, qui s'imaginent que l'humanité est impatiente de partager leurs souvenirs, leurs joies, leurs déceptions. J'avais eu, néanmoins, la politesse de l'interroger : avait-il l'intention d'écrire des Mémoires ? S'agirait-il d'une chronique diplomatique ? D'un récit ? D'un roman ?

Il évita de me répondre, tout en ajoutant sur un ton dont la solennité me déconcerta : « Accepteriez-vous de lire ce manuscrit, quand je l'aurai terminé, et de l'éditer s'il vous convient ? »

Il avait eu, à cet instant, un regard brûlant et grave. C'était le regard d'un joueur qui, par défi, entre dans un casino et mise sa fortune, sans réfléchir, sur un seul numéro.

Je ne sais pourquoi, je lui avais alors demandé (j'ignorais, une seconde plus tôt, que j'allais prononcer cette phrase) si son livre évoquerait, sinon davantage, la femme splendide qui, le soir de notre rencontre, était passée le chercher au Grand Hôtel…

Il se contenta de sourire. Me salua. Et quitta mon bureau sans prononcer un seul mot.

Pour la seconde fois, il avait disparu.

Je ne reçus aucune nouvelle au cours des mois suivants.

Puis il refit surface, un an plus tard.

Nous étions en automne, dans un Paris humide et hostile. Ma carrière d'éditeur s'achevait. Ma bienveillance à l'endroit des velléités créatrices des uns ou des autres avait sérieusement faibli et il était temps, pour moi, de descendre du manège sur lequel je tournais depuis quelques dizaines d'années. J'acceptai néanmoins de revoir mon « ami de Capri » quand il me téléphona, comme si nous nous étions croisés de la veille, pour m'inviter à dîner chez lui, rue de Montpensier. Il n'était pas dans mes habitudes d'accepter l'invitation d'une personne que je ne connaissais pas vraiment, mais cet homme m'intriguait à maints égards et, de plus, il ne m'était pas désagréable de ressusciter à travers lui un peu du bel autrefois que j'ai déjà évoqué. Puisque notre dîner de Capri n'avait pu se tenir, pourquoi ne pas lui offrir une seconde chance ? Rendez-vous fut pris pour la semaine suivante.

L'appartement où il me reçut lui ressemblait : élégant, sobre, avec des meubles, des bibelots et des tableaux dont l'agencement d'ensemble produisait un effet de paix et d'harmonie. On nous servit un repas léger dans un cabinet de travail dont les fenêtres s'ouvraient sur les jardins du Palais-Royal. Mon hôte était, ce soir-là, d'une pâleur saisissante. Il semblait souffrir, bien que son humeur se voulût enjouée. Je croyais encore qu'il allait me parler de son futur manuscrit, ou me le remettre – mais il n'en fut rien.

En lieu et place, si j'excepte les politesses d'usage, il passa le temps de notre dîner à faire tinter contre son verre le bracelet d'ambre que je lui avais déjà vu et à s'abriter derrière des paradoxes de table (« Certains êtres n'apprécient vraiment que leurs malheurs »), des emprunts à Cioran (« J'ai été très tenté par la déchéance »), des confidences sur sa mauvaise santé (« En ce moment, la mort s'intéresse à moi… »), et à m'interroger sur quelques sujets plutôt déplacés entre deux individus qui se connaissent assez peu : où en étais-je avec le Mal ? Avec les femmes ? Avec la joie ? Avec l'argent ? Avais-je des vices ? Des principes ? Avais-je peur du néant ? De l'amour ? Et ainsi de suite jusqu'au dessert. Il m'avait surtout, avec insistance, posé deux questions qui m'avaient fait douter de sa bonne santé mentale : « Vous arrive-t-il, parfois, d'entendre des voix et de bavarder avec elles ? » Et ceci, qui me parut encore plus inquiétant : « Avez-vous déjà constaté que certaines créatures peuvent sortir des photographies où on les croit emprisonnées ? » Évidemment, j'avais préféré ne pas répondre. Et pris le parti de plaisanter devant ces propos insensés. Il était clair que j'avais affaire à un original ou, qui sait, à un individu qui voulait se faire passer pour tel. À moins que le mal dont il semblait souffrir, ou les traitements qu'il devait peut-être suivre, n'aient altéré certaines de ses facultés…

Quand nous en arrivâmes au dessert, il me déclara ceci, qui me déconcerta : « Si vous consentiez à publier le manuscrit que je viens d'achever et que je vous confierai bientôt, accepteriez-vous de faire en sorte que personne ne sache que j'en suis l'auteur ? »

Cet aspect des choses, qui stimule souvent l'imagination des amateurs, me parut aussi prétentieux que prématuré. Et je ne lui cachai pas que ce genre de procédé me déplaisait. La plupart des secrets ne finissent-ils pas par être éventés ? « Même celui si habilement mis en scène par Romain Gary, votre ancien collègue diplomate », avais-je ajouté pour le flatter… Je lui rappelai enfin qu'il avait renoncé depuis longtemps à toute fonction officielle, et qu'il n'était plus lié par un quelconque devoir de réserve : pourquoi, dès lors, se compliquer inutilement la tâche ? « Le plus sage serait d'attendre un peu, avais-je suggéré. Lisons, discutons et prenons une décision le moment venu… »

Il ne l'entendait pas ainsi. Pour lui, la garantie d'un anonymat absolu l'emportait sur toute autre considération, et cette condition devait être solennellement actée entre nous. S'il n'était pas certain que nul, sauf moi – « et une autre personne », avait-il ajouté d'un air énigmatique –, ne saurait jamais qu'il était l'auteur du manuscrit qu'il me confierait sous peu, il préférait tout abandonner. Ce qui le contraignait à l'anonymat ? « Mon nom, bien sûr, la mémoire de mon père, les traditions d'une famille dont je suis le dernier représentant... Et la fidélité à une certaine idée de la morale... », me souffla-t-il, d'une voix mal assurée – qui semblait insinuer qu'il pouvait y avoir d'autres raisons à son projet. Il me parla avec fougue. Je sentais qu'il jouait là une partie essentielle, mais je ne savais pas laquelle. Je l'assurai, à toutes fins utiles, de ma discrétion absolue dans cette aventure, et cette promesse eut l'air de l'apaiser.

« Pourquoi me faites-vous confiance ? avais-je tout de même demandé. Après tout, je pourrais être indiscret...

— Allons, me répondit-il, je me suis renseigné... Et j'ai quelques raisons de penser que cette mise en scène ne vous déplaira pas. Et puis, j'aime que vous ayez été présent dans ma vie, ce soir d'autrefois, sur la terrasse de notre Grand Hôtel. Il faut savoir reconnaître les signes du destin. Et pour moi, même si vous l'ignorez encore, vous en êtes un. Vous l'étiez, je vous l'assure, dès ce soir-là... »

Nous nous quittâmes vers minuit. Il eut encore la courtoisie de me faire raccompagner par son chauffeur, qui patientait dans la rue. Avant de prendre congé, il avait insisté :

« J'ai raison, n'est-ce pas ? »

Que pouvais-je répondre d'autre qu'un « oui, bien sûr… » ? À l'évidence, ces trois mots n'étaient pas à la hauteur de l'intensité inquiète qui grésillait au fond de ses yeux.

Il soupira. Une brève grimace – était-ce une douleur ? – aussitôt suivie d'un petit malaise, le fit vaciller. Mais il se reprit et me serra longuement les deux mains en m'assurant qu'il n'y avait pas lieu de s'inquiéter. Ses derniers mots, ce soir-là, furent particulièrement sibyllins : « Vous comprendrez peut-être après m'avoir lu… » Puis, après un silence : « … après m'avoir lu jusqu'au bout. »

Quand, une fois dans la voiture, le chauffeur me demanda à quelle adresse il devait me déposer, je fus étonné par le timbre suave de sa voix. Quelques minutes plus tard, à la suite d'un échange que j'avais provoqué à dessein, je réalisai que l'individu en costume sombre et coiffé d'une casquette qui me conduisait était une femme – fort jolie de surcroît, avec des yeux intelligents et des cheveux blonds très courts. Fallait-il que cette soirée m'ait troublé pour que je n'aie pas remarqué ce détail quand ce même chauffeur m'avait ouvert la portière. Dans le rétroviseur, j'avais alors pu capter, par bribes, le reflet de ses lèvres peintes et de son regard fardé. Le chauffeur, à qui mon étonnement n'avait pas échappé, ne fit aucun commentaire. Son sourire ajouta à cette fin de soirée un mystère qui, en vérité, en annonçait bien d'autres.

Quelques semaines s'écoulèrent après ce dîner et son étrange épilogue. J'étais sans nouvelles et, pour être tout à fait sincère, je n'en attendais plus. Mon mystérieux ami avait-il changé d'avis ? Le mal dont il semblait souffrir s'était-il aggravé ? M'avait-il oublié ? Toujours est-il qu'au moment même où je réglais les derniers détails de mes adieux professionnels, un coursier déposa à mon bureau une grande enveloppe : elle contenait un manuscrit intitulé Ce qui plaisait à Blanche.

C'est ce manuscrit qu'il me faut maintenant reproduire tel qu'il me parvint.

– 1 –

Cette histoire a commencé un 15 août, il y a plus de vingt ans, à Capri.

Ce soir-là, Cornelius Cunard avait convoqué la plupart de ses amis sur la Piazzetta à l'heure où le ciel se fond dans toutes les nuances de pourpre, d'or, de violet.

Pour ce garçon charmant, c'était là un rite annuel qu'il respectait scrupuleusement depuis sa conversion personnelle aux piétés italiennes.

Cornelius Cunard avait, de plus, beaucoup de sympathie pour la Vierge Marie et se réjouissait d'honorer son Assomption dans l'ambiance alcoolisée d'un Ferragosto revu et corrigé par ses habitudes de noceur.

J'étais son invité.

La nuit promettait d'être chaude.

Cornelius Cunard : dilettante anglo-américain ; héritier rebelle et nativement oisif ; sachant se ruiner avec brio chez les fleuristes, les bijoutiers, les tailleurs, les décorateurs. En gros : un Heureux du Monde, sans aspérités ni états d'âme. Un ami du lin, du tweed, des cravates aux couleurs des clubs les plus sélects de Saint-Moritz et de Monte-Carlo. Parfaitement francophone grâce à ses nurses. Et droit sorti d'une de ces compositions aux couleurs criardes du photographe Slim Aarons qui, dans les années 1950, avait immortalisé ses parents dans leur domaine de la Nouvelle-Angleterre. Cornelius Cunard se faisait un devoir d'être sans cesse imprévisible. Il devenait sensible dès qu'on le croyait cynique ; généreux dès qu'il se flattait d'être égoïste ; amusant et plein d'humour quand la réputation qui le précédait en faisait un convive ennuyeux.

Dès notre première rencontre, j'avais repéré ses mocassins souples, ses pochettes audacieuses, son sourire, ainsi que sa manière, très luxueuse, de ne porter que des montres sans valeur par-dessus ses poignets de chemises coupées sur mesure. Les magazines de mode masculine faisaient son unique lecture. Il était capable de traverser l'Europe pour se faire confectionner une paire de gants chez un artisan expert dans le modelé du pouce ou de l'index.

À cette panoplie désinvolte, Cornelius ajoutait une dose d'innocence perpétuelle qui me l'avait rendu aimable. Il avait entendu dire, comme les héroïnes de Henry James, qu'il suffisait de venir en Europe, et surtout en Italie, pour trouver l'amour. Il y était donc venu, mais en vain jusque-là. Ce puritain dévergondé cherchait l'amour comme, enfant, il devait chercher des œufs de Pâques dans son jardin familial. En attendant, il s'impatientait.

Surtout l'été.

« L'amour, l'amour… Pas le sexe, non, non, le vrai amour… C'est en Italie que ça se passe, non ? »

C'est ainsi qu'il m'avait interpellé quand le hasard d'un plan de table en avait fait mon vis-à-vis, quelques mois plus tôt, lors d'un dîner informel au palais Farnèse.

Malgré ses efforts et sa bonne volonté, Cornelius n'avait pas encore rencontré une passion qui fût à la hauteur de son idéal. Les petites fiancées de la côte amalfitaine qui faisaient son ordinaire ne lui suffisaient plus. Il avait maintenant la nostalgie du frisson, du vertige et des sentiments mieux relevés.

Sa décision, m'avait-il avoué, était prise : si, d'ici un an (disons deux, ou à peine plus), la passion, la vraie, la terrible et brûlante passion, n'avait pas fait irruption dans sa vie, il s'en retournerait dans sa patrie ennuyeuse. Il y épouserait une femme choisie par sa mère, fréquenterait un cercle presbytérien, s'impliquerait davantage dans les affaires de sa famille, engendrerait une abondante postérité et renoncerait aux battements d'un cœur transi.

Depuis, nous étions devenus bons camarades. J'appréciais son humeur épanouie, son enthousiasme enfantin, son ignorance – il croyait sincèrement que Napoléon et Bonaparte étaient deux personnes distinctes – ainsi que l'affection déraisonnable qu'il m'avait d'emblée témoignée. Pour lui, j'étais un échantillon de France éternelle, une sorte de fossile poussiéreux et respectable, digne d'un musée, auquel il convenait d'accorder la préséance en tout. Cela dit, sa conversation cosmopolite était le plus souvent creuse et ne m'amusait que sur une courte distance. Quant à son enthousiasme, qui se déclenchait pour un rien, il me lassait rapidement, bien qu'il s'en dégageât une énergie qui, combinée à sa lymphe de dandy *wasp*, avait, sur le moment, la vertu de me transporter dans un monde simplifié et, somme toute, assez plaisant.

Son patronyme, surtout, m'avait intrigué.

Renseignements pris, il appartenait bien, à travers tout un labyrinthe de bâtardises et d'adultères, à cette dynastie Cunard qui régnait autrefois sur la plupart des paquebots reliant l'Amérique au vieux continent. On avait même envisagé de lui confier des responsabilités dans ce qu'il restait de l'empire familial, mais sa nonchalance avait vite convaincu son *board* qu'il serait moins coûteux de l'entretenir à ne rien faire.

Cette coïncidence m'avait intrigué : Cornelius portait le même nom que la première muse de Louis Aragon – dont je venais de découvrir avec bonheur l'œuvre poétique et romanesque.

Mieux encore : son bateau ventru et vernissé, servi par quatre hommes d'équipage, sur lequel je passais de merveilleuses journées, s'appelait le *Nancy*, en souvenir de la célèbre Miss Nancy – l'excentrique, l'excessive, la nymphomane, l'infréquentable Nancy Cunard.

Mon ami savait-il vraiment que cette femme – qui avait été élevée en princesse, dont le sport favori consistait à séduire les amants de sa mère, et qui avait terminé son existence dans la misère la plus sinistre – avait été une créature sans pitié ? Qu'elle avait poussé l'infortuné Louis Aragon vers un faux suicide dont il aurait pu ne pas revenir ? Qu'elle avait mis son point d'honneur à scandaliser le gotha en couchant avec des révolutionnaires, des escrocs, des aventuriers ou des musiciens noirs ? J'en doute.

En général, Cornelius passait l'été à Capri et voyageait en hiver. Il retournait une fois l'an dans sa famille américaine où il s'ensevelissait provisoirement dans un terreau imbibé de foi, de dollars et de conformisme. Là-bas, il bavardait avec ses cousines, se confessait, complétait ses collections de sportswear, mais cette cure de musculation morale n'engageait pas sa nature de playboy. Il préférait, dès son retour, recruter des compagnons d'été et de plaisir parmi les fêtards qui, comme il le réclamait, avaient eu le bon goût de céder à une majorité des sept péchés capitaux. Sur ce dernier point, il était très strict, exigeait des preuves, des récits détaillés, des aveux.

Il m'avait flatteusement coopté.

Très vite, pourtant, Cornelius m'avait exhibé la fameuse photo de Man Ray où l'on voit Nancy, avec ses lèvres presque noires, son air fatal de reine d'Égypte, son regard d'aigle, ses bracelets d'ambre et d'ivoire menottant ses avant-bras des poignets jusqu'aux coudes :

« C'est ma grand-mère », m'avait-il soufflé – oubliant que c'était impossible puisque Miss Nancy, qui se flattait de haïr toute forme de reproduction humaine, avait veillé à ne jamais se rendre coupable de la moindre descendance.

Fallait-il rectifier ? Contredire Cornelius ? De toute façon, cette fantasmagorie généalogique n'avait aucune importance : Cornelius ne revendiquait ses liens de sang avec Nancy que pour faire vieille Europe. Il ne la connaissait que par ouï-dire. N'avait jamais lu une ligne ou un vers d'Aragon. Ignorait tout des muses, des cœurs piétinés, de la nymphomanie, de la misère – et du mauvais sort qui rôde parfois, comme un corbeau, autour des destins les mieux lancés.

Comme la plupart de ses compatriotes voyageurs, Cornelius était devenu plus ou moins Italien de cœur en découvrant Capri – où il s'était aussitôt porté acquéreur d'une imposante maison qui avait appartenu à un ministre mussolinien. Là, il se divertissait de son mieux, confondait le jour et la nuit, et laissait libre cours à son penchant pour les fiestas fréquentées par des voyous, des princes et une myriade de *husband diggers* russes, roumaines ou hongroises qui commençaient à patrouiller dans ces eaux-là. Malgré de louables efforts, Cornelius jouissait d'une trop bonne santé pour prétendre sérieusement à quelque vice. Il ne songeait, cet été-là, qu'à profiter de la vie, à s'initier avec méthode aux délices de la Dolce Vita, et à fuir le grand vide qui faisait toute son existence intérieure. Je l'y aidais de mon mieux.

En attendant, l'équipage du *Nancy* nous menait chaque matin vers les criques d'Anacapri ou de Sorrente. Des amis de passage se joignaient à nous. Il y avait toujours, à bord, deux ou trois filles avenantes et choisies avec soin – Cornelius avait un vrai don pour plaire aux manucures, aux hôtesses, aux serveuses de restaurant et, plus largement, à la plupart de ces voluptueuses *veline* dont l'Italie de la fin du XXe siècle s'était fait une fameuse spécialité.

À midi, nous nagions en pleine mer.
De longues baignades dans l'eau incandescente.

Parfois, nous nous allongions sur des rochers plats où nous méditions légèrement en écoutant les vaguelettes qui léchaient nos pieds.

Parfois, nous nous réfugiions à l'ombre des grottes où les antiques dignitaires romains se divertissaient en noyant les courtisanes qui en savaient trop.

Le soir venu, nous dînions dans l'une des trattorias des environs et nous engagions avec nos compagnes de bain de mer des bavardages sans conséquence qui se poursuivaient éventuellement par des galanteries plus nocturnes.

Cornelius ne me décevait jamais car je n'attendais rien de lui. Il était, pour moi, une présence agréable et sommaire. Il recherchait ma compagnie et ne savait pas quoi faire pour m'être chaque jour plus aimable. Sous la dynastie julio-claudienne, qui avait autrefois comblé Capri de ses vénéneux bienfaits, on l'eût naturellement élevé au rang de préposé aux amusements impériaux.

Étais-je heureux à cette époque ?

Sincèrement, je le crois.

Mais je n'avais pas encore appris que le bonheur, dans sa grande idée, ne se contentait pas toujours de n'être que cela.

– 2 –

Cet été-là, je venais d'avoir cinquante ans. Et l'astrologie, à laquelle je feignais de ne pas croire, me promettait des tumultes neufs. Chaque matin, je m'éveillais sans crainte à l'intérieur de mon corps toujours aux aguets et, lors de mes rares accès de compassion, je plaignais ceux de mes semblables qui devaient composer avec une physiologie terne ou insuffisante. J'étais Ministre Conseiller à l'ambassade de France à Rome. J'aimais les grands romans, la poésie, les moralistes français et viennois, les belles femmes, le soleil, l'Italie, les bains de mer. Je m'efforçais, en tout, de n'avoir de compte à rendre à personne. Ni aux dieux qui, pour moi, n'existaient plus. Ni à mes semblables qui, d'après l'expérience que j'en avais, me paraissaient trop encombrés de convictions, de jalousies, de calculs.

Malgré mon âge, je ne m'étais jamais marié, ce qui avait eu pour conséquence de désespérer mon père et de ralentir la progression de ma carrière. En attendant de mourir seul, je profitais pleinement de mon état. Les résultats en étaient si plaisants, si variés et si favorables à ma bonne humeur que je me demandais chaque jour pourquoi l'humanité, dans son ensemble, tenait tellement à improviser ses félicités en dehors de la douce religion célibataire.

J'avais peu d'amis, peu de principes, peu de préjugés. Ma mère était morte en me mettant au monde – c'était là mon unique point commun avec Jean-Jacques Rousseau – et j'avais été élevé par un père qui, par son exemplarité en tous ordres, me donnait chaque jour l'envie de le décevoir. C'était pourtant un homme bon, sévère, admirable et solide. Je ne partageais aucune de ses vues. Je savais que je ne serais jamais à la hauteur de son abnégation, de son nom, de sa probité. L'un de mes premiers désirs, pour autant que je m'en souvienne, avait été que le lignage dont j'étais l'ultime chaînon s'achève avec moi. Sans tragédie ni tintamarre. Comme disparaissent, exténuées, certaines rivières avalées par des terres arides.

Ce que je préférais dans cette vie : flotter parmi mes instincts et mes émotions sans me fixer nulle part. De ce nomadisme mental et sentimental, j'avais tiré, expérimentalement, quelques règles d'existence : je tenais l'amour à distance, je croyais au plaisir, je rencontrais rarement le bonheur. Quant à la joie, je n'en avais qu'une connaissance de seconde main. Ce que j'en devinais (à travers mes brefs moments de béatitude, de plénitude, de quiétude) ne me disait rien qui vaille.

Je vivais, sur tous les registres, dans le précaire et le provisoire.

Ces déterminations physiologiques et spirituelles avaient fait de moi un individu instable et, malgré les apparences, inutilisable par la société. Je pouvais être conservateur le matin et progressiste l'après-midi, vertueux un soir et immoral le lendemain, fidèle et infidèle, courageux et lâche à la fois. Je pouvais souhaiter sincèrement l'épanouissement du genre humain avant d'envisager, sans m'en lamenter, l'apocalypse qui en hâterait l'extinction. Ce régime paradoxal, m'écartelant entre le haut et le bas, le Bien et le Mal, m'avait, à la longue, façonné de travers. De loin, on me percevait comme un individu calculateur. De près, je n'étais qu'un assemblage d'indécisions, de volte-face, d'impatiences, de remords. Des personnes de confiance me conseillaient parfois de lâcher prise. Je m'y efforçais de mon mieux.

– 3 –

Sur la Piazzetta, Cornelius accueillait la faune de ses grandes nuits.

Il avait convoqué la plupart des beautés locales, quelques starlettes de télévision, des paparazzi, ainsi que d'éminents représentants de la pègre napolitaine. Des éphèbes se tenaient, disponibles et aguicheurs, auprès des nababs venus de Positano, de Milan, de Turin, tandis que des filles faciles exécutaient leur partition habituelle. Les personnalités les plus considérables étaient escortées par un essaim de parasites qui rendaient de loin le son bourdonnant d'une ruche.

Près du funiculaire, sous un auvent entouré de torchères, on avait planté un petit orchestre. Un barman du Grand Hôtel, qui savait trier son monde, m'avait installé dans un espace réservé aux amis personnels du *Signor* Cunard. À l'entour, les vendeurs de perles noires, les marchands de fruits et de fleurs, les habitués du Gran Caffè, les adorateurs de Marie-mère-de-Dieu, quelques prêtres à l'esprit large. Plus loin, hautain, le clan des aristocrates débauchés sans lesquels l'île de Tibère aurait été infidèle à sa mauvaise réputation. Prédateurs hésitants, ils commençaient toujours par repérer les aventurières et les jolis garçons qui voletaient deçà, delà, comme des chauves-souris – avant, la fête terminée, d'en faire leur festin dans des palais remplis de damas et de reliques.

Les esprits s'échauffaient lentement sous l'œil de quelques célébrités de magazine. Les femmes étincelaient sous des lampions chinois. Certaines portaient, en guise de tiare, une auréole fluorescente qui devait signaler leurs âmes jadis virginales aux hommes qui préparaient leurs parades. L'espèce se flairait, s'évaluait, se frôlait, s'excitait. Dans l'air humide, roulées dans des parfums portés par la mer, des odeurs de beignets, de jasmin et de friture.

J'aimais ces moments de vitalité heureuse.

Ils dilataient chaque sensation.

M'entraînaient vers des zones infiniment légères.

De quoi sera faite l'heure à venir ?

Et la nuit ?

Cette nuit-là, précisément, coïncidait avec le sommet sensuel de l'été.

Après, tout irait en déclinant.

Dans les saisons, dans la vie, il y a toujours des nuits de cette sorte. Trop brèves, elles coïncident avec la fin et le commencement de quelque chose.

Je ne savais pas, en arrivant sur la Piazzetta, ce qui allait s'achever pour moi. Ni de quel regain, cet achèvement serait peut-être le premier signe.

En attendant, la pleine lune de cette nuit-là – c'était la terrible *luna rossa* qui affolait déjà les compagnons d'Ulysse – se levait dans le ciel.

Elle versait sur chacun une poudre irritante et dorée.

– 4 –

Minuit sonna.

La fête battait son plein quand Mme de N… fit son entrée.

Apparition sans doute calculée. Préméditée. De nature à impressionner. À faire tressaillir les arrière-pensées de la plupart des noceurs présents.

N'importe qui aurait pu comprendre, sans qu'il faille le démontrer, que cette femme était, comme la Vierge, une professionnelle de l'Apparition.

Personne ne m'avait jamais parlé d'elle.

Ni de cet éclat qui lui faisait une expression de sainte diabolique.

Cornelius avait bondi en l'apercevant. Quant au barman du Grand Hôtel, qui appréciait mes pourboires, il me confia aussitôt que ces deux-là étaient des intimes (« *sono amici intimi…* ») – mais rien ne m'avait permis de savoir jusqu'à quel point ils l'étaient. Des amis ? Des amants ? Des relations d'affaires ? Des voisins ? Ma première impression, qui me trompait rarement, n'avait écarté aucune de ces quatre possibilités.

Ce que j'avais vu : un visage parfait. Une allure sauvage et raffinée. Du dédain. De la force. De l'arrogance. Des lèvres brillantes comme deux lames. Des jambes interminables et frôlées par une robe terriblement fendue. Des épaules délicates avec deux clavicules vigoureuses et fermes comme des haubans. Des bracelets d'or, d'ambre et d'ivoire qui enserraient ses avant-bras des poignets jusqu'aux coudes. Âge ? Entre trente-cinq et quarante ans. Peut-être moins. Ou plus. Cette créature, de toute façon, n'était pas concernée par le temps. Elle flottait entre un très ancien passé et un présent en suspens. D'où, sur chacun, son regard inflexible et prompt à liquéfier n'importe quel représentant des deux sexes. Elle le savait. S'amusait sans doute de ces grappes de femmes et d'hommes perturbés par son apparition. Elle devait se dire : « je n'y peux rien... Je n'ai rien demandé... Ce n'est pas ma faute, après tout, si ces malheureux ne comprennent pas qui je suis... Bientôt, il sera trop tard... Est-ce cela qu'ils veulent ? »

Une servante à la peau brune et coiffée d'un turban rouge et vert la suivait pieusement. J'apprendrai plus tard qu'elle se prénommait Zita – « comme la dernière impératrice d'Autriche », me dira-t-elle un jour, avec son accent créole. Une fille mystérieuse. Également splendide. Toute en retenue. Cuivrée. Un animal jailli d'une zone équatoriale, avec déhanchement et fragrances de vanille. Sur le moment, Zita m'avait paru presque aussi troublante que la maîtresse qu'elle contemplait. Elle avait des yeux jaunes. Ces yeux crachaient, sans que personne s'en avise, d'impitoyables flammes invisibles.

Cornelius m'avait présenté.

Une présentation flatteuse, bien dans sa manière sportive et américaine. Une mise sur orbite excessive, emphatique, presque nuisible. On aurait pu croire, en l'entendant brosser le portrait du diplomate que j'étais encore, que j'arpentais jour après jour les antichambres de l'histoire contemporaine. Que j'étais, au moins, un demi-Talleyrand (qu'il confondait, d'ailleurs, avec La Fayette) averti de tout ce qui se tramait dans les officines où se décident la guerre, les alliances, les bals, la paix – ce qui n'avait pas allumé la moindre curiosité dans l'œil de celle à qui l'on vantait mes mérites imaginaires.

Lorsqu'il prononça mon nom, il me sembla cependant qu'une lueur lointaine, assortie d'une légère crispation de front, vint s'ajouter à l'expression qui servait de masque à cette éblouissante créature.

Bientôt, Cornelius précisa à mon attention : « Blanche est très savante, elle passe son temps à lire… Des livres compliqués… Elle en sait plus que moi sur Nancy ! Vous devriez en parler, ça ferait plaisir à *Grandma*, elle adorait être un sujet de conversation… »

Blanche m'avait alors tendu le bout de ses doigts afin que je m'incline.

Je m'étais incliné.

– 5 –

Questions qui,
par surprise et malgré moi,
m'avaient alors secoué l'esprit

Cette femme se trouve-t-elle laide certains jours ?
Qu'attend-elle de cette nuit ?
Quelle est l'odeur de sa bouche ?
Aime-t-elle les hommes ? Les femmes ? Les deux ?
À combien d'amants ou d'amantes
s'est-elle déjà offerte ?
Se souvient-elle de leurs visages ?
Quel est son vice ?
Et son dernier mensonge ?
Sa déception la plus douloureuse ?
A-t-elle déjà aimé ?
S'est-elle caressée ce soir dans son bain ?
Hier ?
A-t-elle déjà souffert ?
Fait souffrir ?
Quelle sorte de plaisir recherche-t-elle ?

Quelle fut sa plus grande humiliation ?
Contre quel avantage accepterait-elle de vendre
son âme au diable ?

Ces questions, jaillies de je ne sais quelle zone obscure de ma tête, m'avaient envahi comme monte un brouillard. Elles s'étaient imposées ensemble et recouvertes l'une l'autre, telles des écailles ou des tuiles. Elles composaient, entre elles, un fond sonore qui avait aussitôt occupé l'espace disponible de mon imagination. Et cette rumeur, à sa façon tout allusive, détaillait la suite des événements. Comme, au cinéma, quand le tempo d'une musique précède et résume par avance l'action. Ces questions insistaient. Elles se complétaient. J'y avais entendu la rumeur d'un avenir intéressant.

– 6 –

Elle s'appelait Blanche.

Ma première Blanche.

Ce prénom m'avait séduit.

À cause de ses arrière-mondes immaculés.

À cause de sa sonorité rapide et chaude.

Ce prénom m'avait naturellement renvoyé au roman d'Aragon, *Blanche ou l'oubli*, que j'avais découvert quelques semaines auparavant – un démon facétieux l'avait-il dépêché jusqu'à moi afin de m'annoncer cette rencontre ? – et dont l'incipit me revint aussitôt :

« Il ne suffit pas d'être belle
pour qu'un homme s'attache à vous… »

Un incipit déroutant.

N'importe qui eût écrit le contraire.

Mais Aragon devait avoir sa petite idée, puisqu'il avait choisi d'en faire le premier coup d'archet de son roman compliqué.

S'y connaissait-il, d'ailleurs, en beauté des femmes ?

Surtout si l'on se souvient que ses maîtresses avaient été plutôt osseuses, malfaisantes, sèches et n'inspirant guère l'envie de s'y attacher.

Nancy elle-même n'était-elle pas devenue belle que rétrospectivement, quand sa légende l'avait maquillée de cruauté et de mystère ?

À moins qu'Aragon n'ait d'abord voulu tenir la bride courte à ses vrais désirs et se placer à bonne distance de sa nature.

Car il avait dû souffrir, le pauvre, à force de s'imposer un rôle de composition dans sa comédie de l'amour fou.

Il avait pourtant suffi que Mme de N… apparaisse, que sa beauté me transperce, que j'observe, comme dans le roman, « *sa manière de s'asseoir que les autres n'avaient pas* », pour que, sans réfléchir, mes petites avidités d'alors, éparpillées comme une limaille, se rassemblent et se soumettent au seul et grand besoin d'exister devant Elle.

Cette beauté rayonnait d'une lumière si vive qu'il m'avait fallu, ébloui, cligner des yeux.

Dans le trouble qui s'était ensuivi, j'avais eu l'impression d'apercevoir, au loin, Ulysse attaché à son mât.

Il souriait.

Je me souviens que, face à cette apparition-foudre, il m'avait été impossible d'articuler la moindre parole. Ni d'afficher quelque expression intelligente. J'étais muet. Transparent. Je me tenais en retrait, l'œil vide, sans esprit de réplique ou d'à-propos, si tristement figé que

Cornelius avait eu pitié, et m'avait tendu une coupe de champagne afin de m'insuffler un peu d'existence et de me remettre en mouvement.

J'ignore comment et pourquoi cette même coupe, animée par un démon de circonstance, me glissa alors des mains, voltigea un instant, hésita, fit quelques voltes, avant de finir sa course incohérente sur la robe et le genou de Mme de N… – qui n'avait même pas tenté de l'éviter.

Il y avait eu de l'indulgence dans sa façon d'accueillir ma maladresse. Les comtesses milanaises devaient pardonner avec la même majesté les faux pas de Stendhal quand celui-ci, expert en gaucherie, piétinait la traîne de leurs robes dans les baignoires de la Scala.

Toujours est-il que Mme de N… humecta son pouce en caressant son genou et le posa, en guise de bénédiction, sur le front de sa servante :

« Le champagne porte bonheur… Et je veux que ma Zita soit heureuse… »

Il y eut aussi, en même temps, son bel éclat de rire.

Avais-je jamais entendu un tel rire ?

C'était un rire de gorge, crépitant et indécent. Une cascade. Un torrent. Une manière de dire : je suis vivante – et vous ?

Ce rire m'était parvenu comme l'hymne d'une avant-garde victorieuse. Il tenait à faire savoir qu'au-delà de sa frontière sonore, on pénétrait dans un monde où cette femme régnait sans partage et selon sa fantaisie.

En ce temps-là, je croyais, par fatuité, que le rire d'une femme (tonalité, ampleur, rythme, tessiture, durée) renseignait sur son aptitude au plaisir. Cette Mme de N… devait être une ardente. Elle ne s'en cachait pas.

Il suffisait de tendre l'oreille.

D'écouter avec imagination.

Elle était ravie, en tout cas, d'avoir réussi son entrée.

– 7 –

Certains êtres sont parfois des virtuoses involontaires de l'instrument que nous sommes. Et ils le sont parce qu'un don mystérieux leur a offert un accès immédiat, presque violent, à ce que, d'ordinaire, nous dissimulons.

Ces êtres, que nous identifions à peine quand le hasard nous met en leur présence, jouent d'instinct de cet instrument, donc de nous-mêmes. Rien, pourtant, ne les a préparés à l'exercice auquel ils vont exceller sans le savoir.

Parfois, ils y prennent du plaisir. Parfois, ils s'en acquittent sans y songer. Comme des despotes qui se sentent obligés d'être despotiques, par conformité à leur nature, et presque à leur insu.

Ces êtres sont redoutables car ils vont nous gouverner avant même d'avoir pris la peine de le vouloir. Leurs mots, leurs gestes, leurs pensées, leurs actes, vont pincer notre sensibilité avec un doigté si habile que nous les regarderons, malgré les douleurs qu'ils nous infligent, et bien qu'ils nous aient rendus étrangers à nous-mêmes, comme les meilleurs interprètes de ce que nous sommes en secret.

En les associant à ce que nous avons de plus inaccessible et de plus inconscient, nous chérissons alors, malgré tout, le sort qui nous a précipités entre leurs mains.

Et nous aimons à la folie l'illusion qu'ils nous procurent d'être compris, ainsi que les doses de ravissement qu'ils ont versées dans notre existence – en même temps qu'ils y ont versé leurs doses de venin.

– 8 –

… et Blanche s'était mise à me parler comme si elle s'insinuait, sans mon autorisation, dans le flux de mes pensées les plus intimes.

J'avais envisagé, timidement, de lui demander pourquoi elle entendait mes propres paroles avant que je les prononce, mais elle me devança encore :

« Je sais toujours ce qui se passe dans la tête des hommes qui me parlent… Je le sais dès le premier regard qu'ils posent sur moi… Parfois, j'accepte d'entendre leurs pensées, parfois je refuse…

— Je vous envie.

— Oui, tout le monde dit ça, mais c'est fatigant à la fin… Je devine trop vite ce qui va se passer. C'est comme si l'on me donnait le nom de l'assassin avant de me laisser découvrir qu'il y a eu un crime. »

Elle avait prononcé cette phrase en l'accompagnant d'un soupir impatienté.

Je revois la scène : je viens de rencontrer une femme a priori inaccessible – aucune femme ne l'est, je sais, mais enfin, certaines le sont plus que d'autres –, elle m'observe, engage un début de conversation, me devance, rit, et prononce des mots qui s'accordent exactement aux questions que je ne lui ai pas encore posées. Serait-ce cela le mystère des grands embrasements ?

Ce dont je me souviens, c'est qu'à cet instant, le reste du monde avait été relégué, tandis qu'on nous avait jetés, elle et moi, dans un pli de temps unique. Cette apparition avait gelé la plupart de mes facultés intelligentes. J'étais capturé.

Après quoi – un imprévisible chef d'orchestre l'avait-il exigé ? – tout se remit en mouvement.

Le sortilège qui, jusque-là, avait épaissi et ralenti chaque seconde, lâchait enfin son étreinte.

S'éloignait.

Blanche avait tout de même pris acte de mon désarroi :

« J'espère, au moins, que tu l'as fait exprès... Sinon, c'était vraiment inutile... »

J'avais été surpris, et flatté, par ce tutoiement qui m'admettait dans une proximité inattendue. Comment devais-je l'interpréter ? Devais-je seulement l'interpréter ? Était-ce l'usage dans le monde de cette femme ?

« Pourquoi aurais-je fait exprès de renverser ma coupe de champagne ?

— Pour que je te remarque... Pour que je me souvienne de toi... Tu n'as pas envie que je me souvienne de toi ? Tu avais sans doute de meilleures armes à ta disposition, mais tu as choisi celle-là… C'est de bonne guerre… »

Elle avait eu d'autres répliques. Chaque fois ajustées, dominatrices, un peu humiliantes.

Mes lignes de défense cédaient, une à une, devant les improvisations d'un stratège supérieur.

J'étais débordé. Heureux de l'être. On me tenait par les nerfs. Une puissance étrangère avait pris le parti de m'envahir. Une guerre éclair.

– 9 –

Je remarquai alors ses bracelets. Ainsi que ses lèvres brillantes, presque noires. Et ce halo de fatalité phosphorescente qui flottait au-dessus de son front.

Puisqu'elle devançait encore chacune de mes pensées, je n'avais pas été surpris quand elle me demanda :

« Tu la reconnais, n'est-ce pas ?

— On dirait que…

— Sois plus précis, s'il te plaît… Il me faut un nom. J'ai besoin de vérifier mon intuition.

— Vous vous êtes déguisée… (Je n'avais pas eu le courage de la tutoyer.)

— Je t'écoute.

— Vous vous êtes déguisée en Nancy Cunard. »

Elle sourit.

« Oui, c'est bien elle… J'étais certaine que tu devinerais.

— Mais vous êtes beaucoup plus belle qu'elle ne l'était.

— Je le sais, mais ce qui compte, c'est l'allure, les lèvres, les bracelets… Si tu ne l'avais pas reconnue, j'aurais cessé de bavarder avec toi.

— Pourquoi ce déguisement ? À Capri, à part notre ami Cornelius, vous, moi et quelques professeurs de passage, personne ne sait qui est Nancy Cunard.

— Justement, je voulais faire plaisir à Cornelius. Le malheureux croit que Nancy était une grande dame. Il a besoin d'admirer son ancêtre. Son faux ancêtre, bien sûr... Il faudrait que quelqu'un, un jour, lui explique...

— Je n'ai pas beaucoup de tendresse pour cette Nancy, avais-je répondu. Les hystériques m'ont toujours ennuyé.

— Tu as raison, il faut les fuir... Et celle-ci, en plus, avait piétiné le cœur d'un poète, ce qui est toujours impardonnable.

— Vous aimez Aragon ?

— Une de ses héroïnes porte mon prénom, tu dois savoir ça. Si tu viens chez moi, un jour, tu comprendras mieux pourquoi il fait étrangement partie de ma vie.

— Je n'ai jamais su pourquoi, depuis peu, il fait aussi partie de la mienne. C'était un opportuniste, un lâche, un complice de ce qui se faisait de pire en son temps, mais je ne peux pas m'empêcher de me souvenir de ses poèmes, de les apprendre par cœur.

— Récite-moi quelque chose...

— "Tout est affaire de décor, changer de lit, changer de corps..." »

Elle m'interrompit aussitôt.

« Arrête ! Ces vers sont ridicules au milieu de cette soirée.

— Vous voulez que je me taise ?

— Dis-moi plutôt pourquoi, d'après toi, ce charmant troubadour s'était cru obligé de tomber amoureux d'une hystérique comme Nancy ?

— Il avait peut-être envie de souffrir ? Ce sont des choses qui ne se contrôlent pas. »

Cette observation l'amusa.

« Ou alors, parce qu'il avait besoin d'une maîtresse riche. Ça se faisait beaucoup à l'époque. Aujourd'hui aussi, d'ailleurs… »

Et, après un silence…

« Connais-tu la scène, juste après la Grande Guerre, quand il rencontre Nancy pour la première fois, un soir d'été, au bar de La Coupole ?

— Oui, je la connais. »

Elle ferma les yeux, comme si elle voulait se transporter par le recueillement dans un morceau de passé.

« … notre poète vient d'entrer dans le bar, il est escorté de sa bande de camarades énervés, il est beau et fragile… »

J'avais tout lu sur l'histoire de cette nuit-là. Je n'allais pas me priver de le lui faire savoir en enchaînant…

« Il est désœuvré… Il ne sait même pas s'il va être écrivain ou médecin… »

Elle poursuivit, rêveuse :

« … il aperçoit Nancy, le ciel lui tombe sur la tête…

— Il est surtout fasciné, comme moi à cet instant, par les bracelets qu'elle porte.

— Il a envie de les caresser…

— Oui, il en a envie… J'en ai envie… »

Mme de N… hocha la tête en signe d'approbation.

« Ah, tu comprends cette envie ? C'est bien... »

Avant de reprendre, calmement, le contrôle de la situation.

« Nancy, cette nuit-là, est d'humeur tueuse. Il lui faut une victime, c'est urgent... Elle compte sur ces fameux bracelets pour attirer ses proies... Elle dit à son jeune poète déjà soumis : "Ce sont des menottes, vous aimez les menottes ?"

— Le mot menotte est parfait, non ?

— En effet. C'est, tout de suite, une option érotique. »

Mme de N... avait prononcé le mot « érotique » en détachant ironiquement chaque syllabe : « é-ro-ti-que ».

« Oui, il est déjà soumis », avais-je commenté, sans savoir au juste si je parlais d'Aragon ou de moi.

La voix de Blanche se fit plus douce, plus intime. Comme si elle voulait me suggérer quelque chose.

« Mais il est timide, ce poète... Trop timide... Il ose à peine bredouiller des phrases du genre "ça doit être difficile, le soir, de les enlever..." »

Cette dernière remarque m'offrait un angle idéal pour pousser mon avantage :

« Elle aurait dû répondre : pourquoi ne viendriez-vous pas m'aider ? »

Avec un à-propos fulgurant, elle s'était alors servie de mon audace pour la retourner contre moi :

« Qui vous dit qu'elle ne répondit pas exactement cela ? »

Blanche avait posé sur son visage l'expression d'une femme qui s'en veut d'avoir dit ce qu'elle pensait vraiment.

Elle se tourna enfin vers Zita :

« Heureusement, tu es là, ma chérie... Toi, tu enlèves chacun de mes bracelets avec une douceur affolante... Tes doigts frôlent mes bras, mes mains, c'est délicieux... Cela dit, tu ne trouves pas que ce monsieur diplomate a l'air de savoir des choses dont il devrait venir nous parler ? »

Zita baissa ses yeux jaunes en signe d'acquiescement.

« J'ai l'impression que nous aurons des choses à nous dire », reprit Blanche.

Mais je voulais en savoir davantage :

« Ces bracelets ...

— J'ai fait croire à Cornelius que ce sont ceux de sa fausse grand-mère que j'aurais trouvés dans une salle de vente. Et j'ai fini par le croire moi-même. J'en ai soixante-six, comme elle.

— Pourquoi soixante-six ?

— Parce que c'est un chiffre diabolique. Et Nancy, ça ne te surprendra pas, adorait le diable.

— Vous avez raconté tout ça à Cornelius ?

— Cornelius s'en moque ! Ce qu'il veut, c'est me racheter mes bracelets ! Mais je les adore, ce sont mes menottes préférées, et il n'est pas question que je m'en sépare. Moi aussi, vois-tu, j'ai besoin qu'on m'aide à les enlever, le soir, quand je me couche, et quand Zita n'est pas là... »

Il y avait eu des étincelles dans ses yeux. Avec une expression de sauvagerie à peine retenue.

Elle m'avait ensuite fait comprendre qu'il était temps, pour elle, de s'intéresser aux autres invités, qu'elle connaissait pour la plupart.

« Je pense que nous nous reverrons… »

Telles furent les dernières paroles qu'elle m'adressa ce soir-là, avant de faire un geste en direction de sa servante qui, toujours silencieuse, avait écouté notre conversation.

Elle traversa la piste de danse, sourire aux lèvres, en s'arrêtant ici et là, pour accorder un peu de son importance aux invités qui se prosternaient mentalement sur son passage.

Elle accomplissait chacun de ses gestes sans se départir de cette expression de bienveillance, peut-être artificielle, qui rehausse toujours les grandes allures.

Elle y ajoutait la majesté naturelle de celle qui se sait glorieuse et admirée.

– 10 –

- Si je me suis engagé, bien tardivement, dans la carrière diplomatique, c'est parce que celle-ci était, aux yeux de mon père, la seule activité décente pour un individu de bonne qualité. Cette profession, particulièrement inutile et d'ordinaire réservée aux paons, m'avait cependant permis de voyager, de parfaire mon expérience de la bassesse, de m'ajuster aux machines sociales. Sous les dorures des palais qui m'abritaient, de Florence à Rome en passant par Naples, j'avais appris à feindre, à intriguer, à trahir, à parader, à ne rien éprouver. Je garde un souvenir pénible de ces années-là.

- Les hommes, en général, se méfiaient de moi. Les femmes étaient plus indulgentes. J'avais renoncé à convaincre les uns et les autres qu'ils se trompaient également sur mon compte. Étais-je meilleur ou pire qu'ils ne me voyaient ? J'ai souvent changé d'opinion à ce sujet. Mes supérieurs, et surtout mon ministre de tutelle, m'avaient à l'œil. D'esprit torve, celui-ci avait percé à jour mon insincérité, tout en déplorant qu'elle ne fût pas suffisante pour me permettre de gravir les échelons du Quai où mon patronyme, comme un bibelot d'époque, aurait pu s'accorder aux tentures et aux lustres.

- Cette comédie diplomatique dura une quinzaine d'années. Elle se termina indirectement quand le cœur de mon père, pierreux et vaillant jusque-là, cessa de battre dans le lit d'une de ses maîtresses – me transformant, par magie, en héritier chanceux, unique et bientôt dispensé de toute ambition professionnelle.

- Allergique aux projets, aux conséquences, ainsi qu'à tout ce qui appartient à l'avenir, ma conversation, afin de se régler sur mon lignage agonisant, ne faisait alors qu'un usage très modéré du futur. En revanche, le passé m'intriguait avec ses grands blocs de temps remplis et immobiles. Souvent, je l'arpentais pour mon seul plaisir. D'où cette propension à la mélancolie – qui, de tous mes défauts, fut sans conteste celui qui me valut la plus grande quantité de déconvenues.

- Il m'arrivait aussi d'avoir la nostalgie d'un autre moi-même, différent, comme l'écrit l'auteur du *Fou d'Elsa*, de « celui qu'on prenait pour moi ». J'avais envie d'un moi plus enthousiaste, moins cynique. Mon tempérament, sans doute affermi par mes mauvaises fréquentations, n'avait pas tardé à abréger cette nostalgie inutile. J'avançais, voilà tout.

- Mes fréquentations ? Je les choisissais sans discernement, et telles qu'elles se présentaient. Parmi les riches, les très riches, les vertueux, les moins-que-rien, les marginaux, les joyeux, les damnés, les dandys, les débauchés. La véritable amitié m'ennuyait. Les bavardages ne me divertissaient qu'à faible dose. Sur un plan spirituel autant que sensuel, je préférais de beaucoup la compagnie des femmes, surtout en fin de journée quand j'aspirais à des commerces faiblement belliqueux.

- Les femmes ? Celles qui, jusque-là, avaient partagé un peu de ma vie n'avaient eu droit, en moi, qu'à quelques jours ou semaines d'existence. Elles étaient des accessoires d'emblée obsolescents. Juste le temps d'un assaut, d'une conquête, d'un début de répétition, puis d'ajustements précédant chimiquement les inévitables ruptures, si bien qu'aucune de mes aventures n'avait duré au-delà de ce petit horizon. Quels que fussent leur charme, leur beauté ou leur intelligence, ces femmes – que j'avais pris l'habitude de reléguer dans un brouillard où aucune, finalement, ne se distinguait de l'autre – entraient et sortaient de ma vie par un tourniquet mental en perpétuelle rotation. À aucune, je n'avais été redevable d'une émotion durable, d'un sentiment ou d'un frisson original. Était-ce leur faute ? La mienne ? Toujours est-il que je n'attendais rien, pas même un souvenir, de la nuée qu'ensemble ces femmes-accessoires avaient fini par composer.

- Je ne croyais pas, et ne crois toujours pas, en l'existence d'un dieu jugeur et tout-puissant. Ni en celle d'un diable secondé par de maléfiques adjoints. Je me défiais des idéaux qui invitent à l'altitude et servent de tuteurs aux esprits flasques. La survie de l'âme, la résurrection des corps, la bonté, le devoir, le progrès, le sacrifice de soi, étaient à mes yeux des hypothèses hautement contestables. Mon credo d'alors : m'épargner le lyrisme, les certitudes, l'optimisme, l'espérance, la foi et quelques autres drogues moins toxiques. C'est à peine si je consentais, certains jours, à accepter les verdicts de ma seule conscience.

- Le hasard, en revanche, m'inspirait le plus grand respect. Je savais, d'intuition certaine, qu'il gouvernait tout. Et son gouvernement, jusque-là, avait toujours servi mes intérêts avec zèle et loyauté. Quant à la transcendance (que je me représentais comme un vortex céleste aspirant tout ou partie de l'âme), elle n'avait pas encore retenu ma curiosité. Pas davantage que le néant, dont je m'étais naturellement arrangé par provision en supposant que j'y avais durablement séjourné avant ma naissance.

- Si, à cette époque, j'avais été plus philosophe, mon maître aurait certainement été ce Spinoza que je n'avais lu qu'en sautillant, et dont les propos, quand il m'arrivait de les rencontrer, entraient en résonance spontanée avec ce que je croyais être. En ce qui concerne mon éventuelle résurrection, je m'en remettais, hier comme aujourd'hui, aux imprévisibles métamorphoses de la matière. D'où ma sympathie à l'endroit de certains cailloux, insectes, arbres, reptiles, nuages, oiseaux, fruits – que je ne pouvais m'empêcher de considérer, malgré mon tempérament raisonneur, comme d'éventuels avatars, anciens ou futurs, de moi-même.

- De ce qui précède, il ressort que je me sentais seul. Inexplicablement seul, puisque je ne manquais ni de compagnie, ni de goût pour les bons moments de la vie. Il s'agissait cependant d'une solitude spéciale. Très intérieure. Extrême. De celles qui isolent du monde avec l'efficacité d'un impénétrable cocon. Je me réfugiais (et je continue à le faire) en ce lieu enfoui et très intérieur tandis que mon moi de société poursuivait ses conversations du dehors.

- Si je ne craignais aujourd'hui de paraître ahuri ou possédé, j'avouerais que, dans ce refuge, je me sentais en sécurité. Je pouvais y convoquer les voix qui m'apaisaient. Des voix singulières et attentives. Je les entendais, ces voix, et je les entends toujours. Elles me répondent si je leur parle. Elles existent au plus profond de ce que je suis. Tout en appartenant à quelqu'un qui, vu de l'extérieur, ne me ressemble pas.

– 11 –

J'avais eu beaucoup de mal à lui arracher quelques confidences :

« S'il te plaît, Cornelius, dis-moi ce que tu sais de cette Blanche... Raconte-moi son histoire, sa famille, ses habitudes. Sois précis. Cette femme m'intéresse... »

Il avait commencé par me dire qu'il ne connaissait Blanche que de loin, puis s'était enhardi. Il m'avait même semblé qu'une ardeur particulière s'emparait de lui à mesure qu'il me précisait les choses.

« La première fois, oui, inoubliable... Une maison incroyable, à Paris, Villa Montmorency... Avec colonnade et parc rempli de lilas et de rosiers... Il y avait là une armée de domestiques qui se déplaçaient comme des chats et obéissaient aux ordres de Zita... Tu sais, Zita, cette fille avec son turban rouge et vert... Alors, là, j'ai compris tout de suite...

— Qu'est-ce que tu as compris ?

— ... que j'était en présence d'une femme pas ordinaire... Une très mystérieuse, très riche, comme on en rencontre rarement... Rien à voir avec nos petites fiancées habituelles... Ah, Blanche ! On ne sait jamais ce qu'elle attend, ce qu'elle veut, ce qu'elle pense... Sa beauté m'a toujours fait peur... Une veuve sexy...

— Une veuve ?

— Son mari, un Italien plus âgé qu'elle, est mort peu après leur mariage. C'était un homme d'affaires extrêmement chic... Prince de ceci, marquis de cela, deux ou trois fois duc, je crois... Un amateur de raffinements... Des usines, des liens solides avec plusieurs mafias, toujours en costume Caraceni l'été et en Savile Row l'hiver. On raconte que, dans les hôtels, il ne pouvait pas prendre son petit déjeuner sans mettre la femme de chambre dans son lit. On ne compte plus ses bâtards entre Naples et Turin.

— Sa vie n'avait pas l'air trop pénible...

— Pourtant, Blanche m'a souvent assuré que ce mari s'était suicidé peu après leur mariage. Il est vrai qu'à d'autres moments, elle a prétendu qu'il était mort en dormant. Cela dit, est-ce contradictoire ? S'il a pris un poison avant d'aller au lit...

— Les amours de cette Blanche ? Sa réputation ? Ses passions ?

— Je sais peu de choses. Je la croise dans des fêtes, des dîners. Elle accepte parfois de venir déjeuner à bord du *Nancy*. Elle lit tout le temps... Des romans... Des journaux... Des choses compliquées... D'après le directeur du Grand Hôtel, c'est la femme la plus intelligente de Capri. Souvent, elle me tient des discours auxquels je ne comprends rien. Je crois qu'elle méprise l'argent – ce qui est assez fréquent chez les très riches.

— Un amant ? Des amants ?

— On raconte des histoires, beaucoup d'histoires. Je n'ai jamais pu vérifier…

— Quel genre d'histoires ?

— Des soirées, ici ou là, des choses bizarres, va savoir… Les gens disent n'importe quoi ! Ce qui est sûr, c'est que je ne l'ai jamais vue avec un amant officiel.

— Une amante ?

— Avec Blanche, qui peut savoir ? Elle est très libre… Elle doit faire des allers-retours entre les sexes. Elle a assez de tempérament pour prendre, en secret, qui lui fait envie, voilà tout.

— Tu as essayé de lui plaire ?

— Évidemment ! Tout le monde a envie de plaire à Blanche. Au début, je m'étais imaginé que… Et puis non, rien ! J'ai dû lui plaire pendant une ou deux heures, il y a longtemps, alors que nous prenions un bain de minuit près de la Grotta Azzurra. Après, bonjour, bonsoir, sans plus. J'étais pourtant au bord de l'amour. Le vrai ! Et puis, d'un coup, plus rien.

— Il s'est sûrement passé quelque chose.

— Oui, si on veut …

— J'aimerais savoir…

— Eh bien, voilà : le lendemain du bain de minuit, elle m'a envoyé Zita. Très belle Zita, non ? Et Zita m'a déclaré que je pouvais coucher avec elle si j'en avais envie. Que "Madame" l'avait autorisée… Alors, bon, j'ai couché avec elle et, à partir de là, Blanche ne m'a plus adressé la parole que pour échanger des banalités… Tu crois que je n'aurais pas dû ? »

– 12 –

Quelques semaines après ce 15 août, à l'heure matinale où je ne suffoquais pas encore dans ma rutilante geôle du palais Farnèse, on m'avait remis une enveloppe sur laquelle figurait une écriture que j'eus la certitude de reconnaître alors que je ne l'avais jamais vue.

C'était l'écriture élégante, ferme et toute en arabesques de Mme de N…

À l'intérieur, une courte lettre signée « Blanche » – qui me priait de lui rendre visite en fin de journée, à Capri, le samedi suivant.

Les mots que je lisais et relisais ne s'encombraient d'aucune fioriture. On me priait instamment. On me convoquait. Sans me laisser le choix.

« Je t'attendrai chez moi. »

Ce ton impérieux m'enchantait. Ce tu m'excitait. Il m'empoignait les tripes et le cœur. Un léger vertige s'y ajoutait, avec tremblements brefs, presque agréables, de tempes et de genoux.

J'avais eu ce jour-là, et pour la première fois, passionnément envie d'obéir à cette femme – puisque l'amour, à son état naissant, n'est qu'une variante plus personnelle de la servitude volontaire.

Vingt ans après, je conserve, intact, le souvenir de la cavalcade qui s'était ensuivie :

J'expédie mes rendez-vous. Bâcle une ou deux dépêches. Bondis hors de mon bureau. Salue un Apollon du Bernin et une *Annonciation* de Véronèse. Dévale le grand escalier d'apparat. M'échappe enfin du monde des spectres avec, en hommage, une pensée affectueuse pour le Casanova vénitien qui s'évade, aérien, de sa prison des *Piombi*, grâce au verrou qu'il a trouvé parmi des détritus (s'évader grâce à un verrou : n'est-ce pas merveilleux ? Et moi, symétriquement, je me sentais libre en me hâtant vers ma soumission…). Au passage, j'aperçois mes collègues livides qui consultent leurs boules de cristal et en sont toujours à leurs divagations sur l'avenir incertain de Gibraltar ou du Timor oriental. Par quel mystère, ou haine de moi-même, ai-je pu envisager de leur ressembler ? Dehors, splendide dans sa torpeur antique, Rome me voit fuir comme on fuit une imminente fournaise. Je me rappelle un poème de Du Bellay…

« Nouveau venu, qui cherches Rome en Rome,
Et rien de Rome en Rome n'aperçois… »

… que j'apprenais, jadis, pour faire le joli cœur auprès des épouses de ministre qui me demandaient de leur faire visiter la Via Appia ou les thermes de Caracalla. Deux fois sur trois, ça marchait, l'épouse se pâmait, j'en profitais, avec plaisir ou par devoir, infime bénéfice d'une vie subalterne. Je sentais, à chaque seconde, que ce temps-là n'allait pas durer. Mais, en attendant, *bella figura* du matin au soir. Je n'avais pas encore le choix.

Vite, vite, je saute dans le premier train pour Naples. Puis, une fois à Naples, dans un *motoscafo* dont le marin, Fulvio, est devenu un personnage important de ma vie. Il m'attend sur un quai, devant l'hôtel Excelsior, m'accueille avec son bon sourire rustique, m'offre des fruits, me résume les nouvelles idylles, les renversements d'alliance et les scandales plus ou moins sexuels qui agitent les nuits de Capri.

Fulvio est un drôle de type. Des yeux tristes. Fruste et raffiné. Taciturne. Avec une âme couturée par d'énigmatiques guerres intérieures. Un homme d'honneur et de passion qui, souvent, m'apparaît comme le messager d'un autre monde. Il connaît bien Mme de N… qui semble exercer sur lui une autorité indiscutable. À ma demande, il me parle d'elle. Sa voix frissonne quand il évoque sa beauté et son air définitivement supérieur.

On prétendait, en ce temps-là, que Fulvio, d'un tempérament ombrageux et médiéval, était le fruit d'une brève intrigue entre un industriel de passage dans l'île et une employée capriote, mais je n'en savais pas davantage. Son fief : le bras de mer qui sépare Naples de Capri. Fulvio en connaît chaque vague, chaque ressac – « et chaque sirène », ajoute-t-il, quand il se sent en confiance. Pour moi, cet homme, ce passeur, c'est Charon, un Charon salvateur qui me transporte, dans le bon sens, sur la rive heureuse et vivante. Il m'arrache au continent des spectres. Me conduit vers l'Île Magique où chacun peut renaître. Cher Fulvio…

Car cette île, Fulvio la vénère et s'en méfie. Elle circule dans ses veines. Il la compare à un soleil noir qui brûle le dedans des âmes. Et, pour des raisons probablement personnelles, à une femme infidèle et facile. Fulvio aime aussi la magie. Il devine souvent ce qui stagne dans mon passé. Et même, prétend-il, dans mon avenir.

Ce jour-là, il m'annonce que le temps va se couvrir.

« Pas seulement sur la baie… », a-t-il précisé.

Que veut-il insinuer ? Que je vais au-devant d'un désastre ? Lequel ? Pourrais-je l'éviter ?

Fulvio n'en dira pas davantage.

Il surveille l'écume, la houle, l'horizon, le bec et l'œil des mouettes, les reflets de chaque nuage.

La proximité de l'orage l'enhardit.

Il n'aime rien tant que d'affronter l'adversité.

Afin de se hisser au-dessus de lui-même et de signifier aux éléments qu'il ne les craint pas.

– 13 –

Sitôt à terre, je fends le troupeau des touristes aux fronts et aux mollets rougis. Je choisis l'un des petits taxis verts, mauves ou roses dont le toit a été remplacé par la marquise frangée d'une véranda. Son chauffeur – un Mario, un Roberto, un Guido… Ces prénoms me ravissent… Ce sont les premières notes d'une musique heureuse – me conduit *prestissimo* jusqu'au Grand Hôtel où l'on m'accueille avec des vocalises de bienvenue qui poussent haut leurs trilles obséquieuses.

À cet instant, ma vie dispose de tout ce qui lui est nécessaire. Je respire l'air marin en buvant une citronnade. Ma peau absorbe les sons, la chaleur, les odeurs. Chaque détail me satisfait.

Quelques minutes plus tard, je me retrouve dans ma chambre, toujours la même. Vaste et simple. Un peu austère. Presque gratuite grâce à Cornelius, à qui les hôteliers locaux ne refusent rien, et qui a insisté pour que l'on me traite en invité de marque malgré la modestie de mes revenus. Réglait-il lui-même le supplément de mes frais de séjour ? C'était bien possible. Mais je m'en arrangeais. D'autant mieux qu'il agissait discrètement, avec un tact d'ami, et que je ne doutais pas de le rembourser un jour ou l'autre. J'ai toujours pensé, sur ce point, que les riches, pour accéder à l'élégance qui ne les aime pas, devaient financer les démunis. Cornelius avait, à ce sujet, les mêmes convictions que moi.

Cette chambre.

Un refuge. Un havre. Une nacelle suspendue au-dessus des rochers bruns. L'endroit du monde où je me sens le mieux. Elle s'ouvre sur une terrasse qui surplombe les Faraglioni et d'où, par temps clair, j'aperçois le Vésuve. Drieu la Rochelle y avait séjourné, jadis, avec une maîtresse anglaise qui excellait dans l'art de le faire souffrir. Le responsable du *room service*, dont le père servait déjà dans les parages, m'a assuré par ailleurs que Malaparte lui-même s'y était installé pour surveiller le chantier de son arrogante maison dont, en me penchant, je peux apercevoir l'escalier rose et géométrique.

Ici, je suis seul et en paix.

Devant moi, la mer d'or liquide.

Et le ciel au-dessus.

– 14 –

Je me souviens que, ce jour-là, un petit lézard bleu, gracieux et innocent, m'attendait sur cette terrasse. À peine cinq ou six centimètres. Un corps vibrant sous le soleil. Sa langue rose allait et venait, happant les fourmis et les moucherons qui jouissaient autant que lui de chaque pierre chaude. Il se tenait en équilibre sur la balustrade séparant ma chambre de la falaise qui dévalait vers la mer. Son œil archaïque m'observait. Il avait fallu que le monde patiente pendant des millions d'années avant que la nature lui confectionne cette allure parfaite, cette langue agile, cette queue dansante. Pour lui, rien n'avait changé depuis le temps lointain où il regardait Caligula ou Tibère avec un œil aussi indifférent que celui qu'il posait à cet instant sur moi. L'envie m'était pourtant venue, pour de mystiques raisons, d'écraser cet animal dérisoire en guise de gratitude envers des dieux qui, par-delà leur inexistence, versaient tant de bienfaits immédiats sur la journée qu'il m'était donné de vivre. Il me fallait, après tout, les remercier pour la lumière, la mer étincelante, pour la chaleur des pierres, pour ce rendez-vous avec Blanche. Lentement, sans respirer, j'avais alors tendu ma main afin d'attraper ce dragon minuscule, de le tenir à ma merci, de lui broyer la tête entre deux doigts – mais mon ombre l'alerta et lui suggéra de fuir sous une pierre. Pourquoi avais-je eu, à ce point, besoin de marquer cette journée d'un sceau sanglant ? Au nom de quel reliquat de cruauté ? Ou, au contraire, de piété ? J'avais cru comprendre, en vérité, que cet instant béni exigeait un sacrifice. Il fallait qu'un morceau de vie s'interrompe pour que triomphe un plus grand morceau de vie. Le lézard devait maintenant se prélasser dans un refuge à flanc de falaise. Savait-il seulement, dans son être serein, qu'il venait de frôler une mort et un néant dont il ne soupçonnait même pas l'existence ? Silencieusement accordé à la présence des cyprès, des euphorbes, des citrons, je m'étais allongé sur les dalles encore brûlantes. L'odeur des pins me soulevait. Heureux de rien, j'attendais que l'avenir se hâte.

– 15 –

J'ai souvent repensé à ce mémorable Ferragosto.

Et, revisitant chacun de ses épisodes, je ne me reconnais pas :

Était-ce moi, vraiment moi, cet ahuri médusé par la seule apparition d'une femme ?

Était-ce moi, ce pauvre diable aux prises avec tout un fatras de mièvreries (sortilège, aphasie, maladresse, pensée magique) répertoriées depuis longtemps par les esprits simples et la mauvaise littérature ?

Était-ce moi, ce pantin défait et aspergé par le liquide suprêmement inflammable qui porte plusieurs noms (coup de foudre, amour, *cristallisation*) ?

Ce déluge de niaiseries mérite, fût-ce rétrospectivement, quelques mises au point.

J'avais oublié en effet, ce soir-là, que derrière le regard qui me fascinait, derrière le charme auquel je rêvais de me soumettre, derrière les mots qui m'affolaient, il n'y avait qu'un corps. Et que ce corps, loin de pactiser avec la magie, l'irréel, l'immatériel, le roman-photo, l'affect de haute volée, n'était qu'un composé d'azote, de sucs amers, de pensées indignes, de muqueuses, de cancers en attente, de remugles fétides, de beauté trafiquée. Vaincu d'avance, j'avais trop vite revêtu l'entière panoplie de l'amoureux dématérialisé en plein voyage sur son tapis volant.

Je rappellerai que mes émotions, jusque-là, ne s'étaient jamais laissé incendier à la va-vite. Au contraire, je les avais toujours si bien contrôlées, et si efficacement refroidies, et si bien enrichies de déception anticipée, que les grands sentiments, les sentiments perchés, les roucoulements, les frissons d'âme, se sachant malvenus, m'avaient toujours épargné.

J'en étais même arrivé à me convaincre que la partie, pour moi, était perdue – ce qui pouvait signifier, en changeant de point de vue, qu'elle était gagnée. Et que, partant, je ne ferais jamais l'expérience des nirvanas laïcs (promis par l'état amoureux) qui ont si fameuse réputation parmi les moins intéressants de mes contemporains.

Déjà parvenu, à l'époque, sur le versant déclinant de mon existence, et pris de regrets compréhensibles devant mon infirmité sentimentale, il m'arrivait, tout de même, de tenter ma chance, à tout hasard, dès que l'occasion s'en présentait. Et quand je négligeais de le faire, mon autre moi, le plus roué, toujours en embuscade et réglé sur son pilotage romantique-automatique, le faisait à ma place. C'est ce qui s'était passé, ce 15 août, sur la Piazzetta.

Ce soir-là, je voulais – mon autre moi voulait, ou avait dû vouloir – tester sur ma personne le fameux *syndrome d'Adolphe* illustré par Benjamin Constant (qui, dois-je le préciser, avait lui aussi tué sa mère en naissant) dans le roman éponyme, et qui pourrait ainsi se résumer : les émotions suivent leur expression.

J'affichais l'expression.
J'attendais l'émotion.

En apercevant Blanche, mon moi romantique s'était avancé en éclaireur et s'était dit : si l'amour (tremblement, frisson, panique) existe, et s'il m'est un jour permis d'en ressentir les douces vibrations (les succulents effluves, les divines paniques), qui pourrait le déclencher mieux qu'une femme telle que cette Mme de N… ? N'est-elle pas (selon les lois autorisées de l'apparence) belle, énigmatique, audacieuse, sensuelle, libre, lettrée, savante, romanesque ? De là, mon emballement, un peu forcé au début, mais de plus en plus naturel à mesure que, devenant ce que j'exprimais, je prenais à cœur mon rôle de composition. J'avais endossé sans retenue la gamme complète des stigmates requis. Solidement équipé, je guettais ledit transport et sa grande houle (sucrée, exquise, enchantée, baptismale).

Pendant ce temps, mon moi sceptique, tapi dans l'ombre, avait laissé faire. Il aurait tout loisir, n'est-ce pas, de réclamer sa part de butin si la victoire souriait à son frère romantique. Et, en cas de défaite – je veux dire : d'enthousiasme vite tari, de déception trop prompte, de refroidissement prématuré –, il lui resterait l'avantage de ne pas avoir cédé aux sirènes de la passion convenue.

Ce faisant, je m'exposais à un sérieux péril :

D'un côté, je doublais ou triplais ma dose de crédulité, afin de donner une chance à mes grands sentiments.

De l'autre, à force de faire semblant d'être épris, je m'exposais au danger de le devenir.

L'un de ces deux malentendus finirait bien par l'emporter.

Lequel ?

À cet instant de la nuit, tandis que les musiciens rangeaient leurs instruments et éteignaient les dernières torchères, il m'était impossible de le deviner.

– 16 –

Puisque Mme de N… m'avait envoyé cette lettre, elle se souvenait donc de moi – qui, en retour, n'avais pensé qu'à elle pendant les quelques semaines qui me séparaient de notre unique rencontre.

Comment avait-elle traversé la fin de l'été ? En quelle compagnie ? Qu'attendait-elle de l'individu qui avait renversé du champagne sur sa robe ? Pourquoi était-elle si familière d'Aragon et de Nancy ? Avait-elle l'intention de m'envoûter ? De me dévorer ? Avait-elle déjà aimé ? Et moi, avais-je envie de l'aimer ? Comment l'aurais-je su, au demeurant, puisque je ne savais pas ce qu'était l'amour – et savais encore moins quel goût avait son commencement ?

Je me disais seulement : si je dois en passer par les grands sentiments, autant la choisir elle, si parfaite, si lumineuse, si Blanche.

De toute façon, je me laisserai faire. J'adore être choisi. Élu. Repéré par les instances supérieures qui accordent leurs faveurs et décident de tout. J'adore, sans honte, être le jouet des circonstances – puisque celles-ci, jusque-là, ont toujours été clémentes à mon endroit. Devrais-je bientôt m'excuser ou expier pour cela ?

Avant de recevoir cette lettre, ma vie n'était qu'une succession bien organisée d'agréments prévisibles. Désœuvré, je faisais même, de ce désœuvrement, le blason d'une morale héroïque qui me servait indifféremment de panoplie, de masque, de refuge.

Mais Mme de N… se souvenait de moi – et, soudain, le monde se renouvelait.

Allait-elle me soumettre à un examen de passage ? S'avancer à découvert ? Me proposer un traité loyal entre deux nations respectueuses de leurs souverainetés respectives ?

J'étais prêt.

Impatient d'aller jusqu'au bout de ce moment narcissiquement délicieux.

Ma vie se relançait sur de bonnes bases.

Redevenant stratège, j'analysais l'état des forces en présence :

Moi : positionnement social de qualité, sans plus ; mais insécurité du regard, de la bouche, des mains ; conquérant d'occasion ; complexion contrariée par la fébrilité ; faible aptitude à la réplique, au réflexe, au saut dans l'inconnu. Pour quelle raison crédible une femme supérieure céderait-elle à un mortel si mal équipé ?

Elle : une perfection. Une mosaïque de grâces, d'autorité, de grandes manières. Une impératrice dont la beauté accable. Et qui sait, depuis qu'elle est venue au monde, qu'elle va le traverser entre deux haies d'humains fatalement courbés. Ce mystère d'iniquité a dû lui peser. Puis, n'y pouvant rien, elle a dû en profiter. Je l'envie.

Cornelius m'avait appris que Mme de N..., chérie par toutes les providences, était veuve, riche, libre d'esprit, lettrée – comment lutter avec ça ? Il m'avait aussi précisé qu'elle choisissait qui lui faisait envie. Désormais, son allure (lèvres brillantes, jambes interminables, clavicules-haubans...) tremble dans ma tête comme l'air brûlant au-dessus d'un désert. C'est une femme-mirage.

Nous sommes vendredi.

Je la verrai demain.

Les heures qui me séparent de ce lendemain seront interminables.

Elles seront aussi les plus douces, les plus légères, les plus envahies de désirs, qu'il me sera donné de vivre.

Le soir même, dînant avec Cornelius, j'avais appris que je lui devais ma bonne fortune. Il avait cru bien faire en signalant à sa « chère Blanche » que je serais ravi de la revoir, de lui rendre visite... Il pensait que son indiscrétion me serait agréable tout en m'invitant à rester prudent.

« N'oublie pas de te méfier, avait-il insisté. Parfois, Blanche ressemble au diable. »

Et il avait répété :

« Oui, au diable…

— Tu sais, cher Cornelius, le diable n'est jamais qu'une part de nous-mêmes… Mais, plus sérieusement, penses-tu que… enfin… Blanche et moi ? Serait-ce envisageable après tout ? »

Ma phrase était ridicule. Mais il m'avait été impossible de la ravaler.

De toute façon, Cornelius n'y avait pas répondu.

Il avait rendez-vous pour le soir même, dans un hôtel de deuxième ordre, avec une standardiste qui terminait son service à minuit.

– 17 –

Je m'étais préparé dès l'aube.

Et échauffé l'esprit comme il convient quand une femme sexy, à peine entrevue, libre, audacieuse, lettrée, ambiguë, convoque un quasi-inconnu, à l'heure du crépuscule, dans une île propice à tous les emballements.

Il y avait d'abord eu, le matin, une longue baignade du côté de Marina Piccola.

Brasses dans l'eau soyeuse. Visage offert au premier soleil. Purification. Oubli de ce qui, depuis le temps, m'avait fait la tête et le corps plus lourds que deux sacs de cailloux. J'avais nagé, nagé, nagé. Fin de la pesanteur. Disparition provisoire des spectres, des autres, des petits trafics de survie. Renaissance dans l'onde fraîche comme elle l'est souvent, à Capri, à la veille de l'automne.

Si ma vie n'avait été que mes gestes et mes sensations de ce matin-là, j'aurais jubilé de pouvoir la vivre et la revivre à jamais dans les beaux anneaux d'un éternel retour.

Mon moi sceptique se disait : à quoi bon ce rendez-vous ? Cette effervescence pour si peu ? Pour ce cœur battant ? Allons, allons, du calme. Reste tranquille, passe ton chemin. Tu t'enflammes ? Dans un mois, dans un an, tu revivras tout ça en incrédule. Cette femme ? Un trompe-l'œil. Allons, les ravissantes *veline* de Cornelius te feront plus de bien. Ou moins de mal.

D'un autre côté, l'orgueil, en moi, ne l'entendait pas ainsi. Il y avait les astres, les tumultes promis, l'impatience de goûter à la grande musique. Et puis, franchement, pourquoi s'épargner ? Ça finira mal, dis-tu ? Allons-y quand même… Et quand on s'est si bien grisé à l'idée d'avoir été remarqué, retenu, peut-être choisi, par une créature supérieure, ne serait-il pas insensé de décliner ?

Encore fallait-il préciser la nature du rôle qu'on allait me proposer.

Mon instinct ne m'annonçait qu'une modeste figuration – ce qui, en soi, n'était pas déshonorant. Je n'étais, sans doute, qu'une curiosité pour cette femme. Peut-être un caprice – et alors ? En ce temps-là, j'avais peu d'amour-propre. Je ne souffrais jamais. On pouvait m'humilier sans me faire le moindre mal.

C'est dans cet état d'indifférence vaniteuse que je m'étais engagé sur le chemin sinueux de la Punta Tragara. La maison de Mme de N… s'y trouvait, en contrebas, juste après le Cap Masullo et la résidence couleur brique qui plaisait tant à Churchill et

Eisenhower. On y accédait par un escalier taillé à même la roche, qui se faufilait le long des massifs de lilas sauvages. Encore quelques pas, et l'on tombait sur un petit mur d'enceinte zébré par l'ombre mobile d'un palmier. Au milieu de ce mur, une porte étroite sous un bas-relief figurant la vie édifiante de saint Janvier. La présence de ce martyr me parut de bon augure. Elle me rappelait au moment opportun qu'il existe mille façons d'être mortifié en ce monde et que, même dans l'éventualité où les choses tourneraient à mon désavantage, je n'avais peut-être pas choisi la plus désagréable.

– 18 –

La servante enturbannée que j'avais déjà remarquée sur la Piazzetta devait guetter mon arrivée car elle avait surgi sur le seuil à l'instant même où je m'apprêtais à signaler ma présence. Elle m'avait dévisagé de son regard jaune avant de me précéder à travers un corridor percé de jalousies qui menait à une autre maison dissimulée par le ruissellement parme d'un bougainvillier. Mes yeux n'avaient pas eu le temps de s'attarder sur tout ce qu'ils voyaient. Une terrasse. Puis une autre terrasse. Des statues. Le turquoise ébouriffant d'une piscine. Encore une porte, et j'arrivai dans un salon qu'on aurait cru posé sur la mer. C'était l'heure splendide. Je me trouvais, au moment le plus exquis, dans la parcelle la plus harmonieuse de l'univers. De la pièce voisine, m'étaient parvenues les bribes d'une conversation téléphonique : « Si, si, capisco… », « Via Toledo… », « depuis vingt ans… », « Caro tesoro »… « Caro Urbano »… Était-ce la voix de Blanche ?

On m'avait ensuite introduit dans une autre pièce, plus petite, remplie d'objets, de divans, de tapis. En son centre, un fauteuil imposant qui aurait pu servir de trône à un chef inca. Encastré dans l'imposante bibliothèque, je remarquai un tableau qu'un cartouche attribuait à un certain Adolphe Weisz. Ce tableau, de facture médiocre, représentait une Nyssia au bain avec, conformément à la mythologie, Candaule, le roi de Lydie, qui invitait un soldat dissimulé derrière une tenture à admirer la nudité de sa reine.

Plus loin, de l'autre côté d'une porte-fenêtre, une copie (à moins que ce ne fût l'original…) de *La Femme*

damnée de cet Octave Tassaert que je connaissais à travers l'éloge qu'en avait fait Baudelaire.

Tout, dans ce salon, exhalait l'opulence, l'intensité érotique, le Sud, la beauté accomplie.

La part la plus conventionnelle – la plus vaporeuse ? – de mon imagination avait été éblouie par ce décor. Mais une riposte de mon esprit critique, que je n'avais pourtant pas sollicité, vint aussitôt contrarier cette première impression, trop douceâtre, et la rectifier avec son contrepoison de lucidité : n'y avait-il pas du *kitsch*, presque du ridicule, dans cette féerie ? Et, même, un peu de vulgarité dans ce soin mis à signaler la vision du monde de celle qui régnait en ce lieu ?

Finalement, ma crédulité l'avait emporté : une altesse m'attendait et elle allait m'accorder une audience dans sa villégiature estivale. N'était-ce pas suffisant ? Ce soir-là, je n'aurais permis à personne, et surtout pas à quelque mauvais présage, de contrarier mon commencement d'extase.

Bien que des domestiques m'aient fait comprendre qu'on me recevrait bientôt, j'avais dû attendre.

Longtemps.

Si longtemps que je crus qu'on m'avait oublié.

Une heure ? Davantage ? Je ne songeais même pas à me vexer car le processus d'asservissement mental s'était déjà enclenché en moi. Au contraire, cette attente me convenait. D'abord parce que le temps, à cet instant, ne passait pas vraiment. Il stagnait. Comme dans l'espace des grandes félicités où une heure n'est qu'une seconde. Ensuite, parce que j'en avais profité pour inspecter les lieux, les meubles, les objets, les livres – dont la présence me rassura. Il y avait là de la poésie, de l'histoire, des romans importants. Lisait-elle vraiment ? Il me suffisait de constater que la compagnie de ces trésors ne lui déplaisait pas. Les avait-elle elle-même choisis ? Était-ce le choix d'un ou d'une autre ? Je le saurais bientôt.

Les fenêtres du salon où je me trouvais s'ouvraient sur un court chemin qui conduisait à un belvédère sur lequel on avait installé un banc. J'avais eu envie de m'y asseoir. Et j'allais le faire quand une photo sous verre disposée sur une petite table attira mon attention. Je m'approchai : ce n'était qu'une photo découpée dans un journal avec son papier jauni et son grain flouté. On y voyait un vieil homme très bronzé en costume d'été et coiffé d'un panama. Ses cheveux blancs ondulaient sur sa nuque et ses épaules. Il se tenait aux côtés d'un individu, plus jeune, qui avait une cigarette au coin des lèvres, et dont les grands yeux tristes me parurent mystérieux. Je regardai de plus près. J'observais les longs cheveux blancs, le panama, les yeux tristes, quand Blanche arriva dans le salon. Sa servante la suivait.

« Je suis heureuse de te revoir… »

Blanche me tutoyait encore.

Elle portait une blouse ample et presque transparente. Des cheveux retenus lui faisaient un front immense, comme on en voit sur les miniatures figurant des reines de la Renaissance. Au bas de sa gorge, le battement régulier d'une veine bleutée où coulait sans doute un mélange de miel et de sang de tigre. Elle s'était assise sur le trône de chef inca. Et avait ordonné à Zita de se blottir à ses pieds, comme si elle n'était qu'un animal de compagnie. Après quelques secondes pendant lesquelles elle m'observa en silence, elle demanda à sa servante de lui masser les chevilles. J'allais sans doute prononcer tout un assortiment de paroles convenues quand, par miracle, elle me devança :

« Mon invitation a dû te surprendre… »

– 19 –

« Elle m'a surtout flatté, avais-je répondu… Je n'espérais pas vous revoir si vite…

— Mais si, tu l'espérais. Je le sais. Tu n'espérais même que ça depuis notre rencontre de Ferragosto. Comment aurais-tu pu ne pas espérer me revoir au plus vite ? Je suis une très belle femme, je suis intelligente, et je sais tout de l'effet que je produis… Tu vois, tu es un livre ouvert, je te lis, je tourne les pages… Et souviens-toi que je devine toujours ce qui se passe dans la tête des hommes.

— Et que se passe-t-il dans ma tête ?

— Facile, trop facile. Un livre ouvert, te dis-je…

— Je vous écoute… Que lisez-vous dans ce livre ouvert ?

— Tu te demandes, entre autres, comment va tourner notre conversation… Et si tu sauras être surprenant, irrésistible, amusant… La présence de Zita, ma belle Zita, te déconcerte, mais tu n'oses pas le dire. Tu aimerais bien prononcer deux ou trois phrases qui m'impressionneront. Tu aimerais être étincelant. Tu te demandes même si je suis entièrement nue sous ma blouse… C'est bien ça, non ? »

J'acquiesçai timidement.

Avait-elle aperçu mes autres pensées ? Mon désir de mordre sa bouche. De l'envahir avec ma langue. De la prendre sauvagement sur son trône de chef inca. Tout de suite. Et sous les yeux de sa caresseuse de chevilles.

« J'espère tout de même que vous ne lisez pas toutes mes pensées.

— Allez, ne t'inquiète pas, reprit-elle sur un ton indulgent, tout ira bien. Tu n'as rien à craindre. J'avais seulement envie de te connaître mieux. »

Elle s'était levée.

« Bon, de quoi allons-nous parler maintenant ? »

Elle me désigna *La Femme damnée* :

« J'adore ce tableau un peu ridicule… Ils ont l'air de bien s'amuser, non ? Même Baudelaire ne savait pas si les deux partenaires accrochés aux seins de cette femme étaient des hommes ou des femmes… »

Elle avait ôté le peigne qui retenait ses cheveux. Ils s'étaient déroulés en boucles blondes et lourdes.

Puis, désignant la photo sous verre :

« Tu le reconnais, n'est-ce pas ?

— J'hésite… L'homme avec un panama…

— Mais oui…

— C'est…

— Oui…

— C'est Aragon ?

— Eh oui… Sais-tu qu'il est venu dans cette maison quelques mois avant sa mort ? Qu'il s'était assis là, sur le divan où tu te trouves ? C'est une des choses que je voulais te montrer.

— Et l'autre homme ?

— C'est celui que j'allais épouser vingt ans plus tard. Il est magnifique, n'est-ce pas ? Il avait les plus beaux yeux tristes qu'on puisse imaginer.

— Votre mari était l'ami d'Aragon ?

— Pas vraiment. Mon mari n'aimait pas spécialement la poésie. Mais on venait de lui faire savoir qu'un grand écrivain français, de passage à Capri, aimerait beaucoup se recueillir sur le petit belvédère que tu vois là, face à la baie.

— Pourquoi Aragon voulait-il se recueillir ici ? C'est absurde…

— C'est sur ce belvédère, qui existait bien avant qu'on construise cette maison, et plus précisément sur le banc qui s'y trouve, que Lénine, du temps de son exil à Capri, aimait s'asseoir, lire ou jouer aux échecs avec les révolutionnaires aussi désœuvrés que lui. Aragon était donc venu avec des dignitaires communistes et les quelques jeunes gens très gracieux qui composaient sa cour, il s'était assis "sur le banc de Lénine", on avait pris des photos qui sortirent dans *L'Unità* du lendemain. Mon mari avait toujours entretenu de bonnes relations avec les communistes italiens. Du coup, il n'y a jamais eu de grève dans ses usines.

— D'abord votre prénom, puis Nancy, et maintenant le banc de Lénine… Aragon nous surveille…

— Laissons-le faire ! Un poète mort, ça n'est jamais bien méchant… En vérité, j'ai conservé cette photo à cause des yeux tristes de mon mari. »

Elle avait eu, soudain, l'air pensif.

« J'aurais dû prendre la mesure de cette tristesse infinie en lui. Mais j'étais si jeune. Je ne voyais rien. Je ne me le pardonne pas…

— Qu'est-ce que vous ne vous pardonnez pas ? Votre jeunesse d'alors ?

— Non, de ne pas avoir vu cette tristesse… De ne pas avoir compris cet homme admirable. Il s'est suicidé un an après notre mariage. Mais je n'ai pas envie d'en parler. »

La nuit tombait. Zita avait allumé quelques bougies. Après quoi, elle commença à lisser lentement les cheveux de sa maîtresse sans me quitter des yeux. Avait-elle, elle aussi, le don de débusquer chaque pensée tapie au fond de mon crâne ?

« Zita pense qu'il faut brosser ses cheveux au crépuscule pour qu'ils restent vigoureux, reprit Blanche. C'est une superstition de sorcière… Car tu as bien compris, n'est-ce pas, que Zita est une sorcière ? Elle n'a jamais voulu me dire pourquoi elle portait le prénom de la dernière impératrice d'Autriche alors qu'elle vient d'une famille qui, autrefois, régnait sur je ne sais plus quelle île caraïbe. Tu sais, ma Zita aurait pu être une reine… Et elle y a renoncé pour me servir… N'est-ce pas merveilleux ? »

Zita baissa les yeux, humblement. Avant de se pencher pour murmurer quelque chose à l'oreille de sa maîtresse. Lui signalait-elle un prochain rendez-vous ? Ou une visite ? Cela paraissait urgent.

« Pardonne-moi, me dit Blanche en se levant. Je dois te quitter maintenant. Notre rendez-vous a été bref, mais cela n'a aucune importance. Nous nous reverrons. Peut-être demain, qu'en dis-tu ? Je pourrais passer à ton hôtel, nous dînerons ensemble. À moins que je change d'avis… »

Tout s'était passé si vite.

Un tourbillon.

Avec, tourbillonnant, Lénine, Aragon, des yeux tristes, une sorcière, un chef inca…

Dehors, il faisait déjà nuit.

Je m'étais engagé, presque à tâtons, sur le chemin escarpé qui mène à la Punta Tragara.

Je m'avançai encore dans l'obscurité quand j'aperçus une silhouette massive qui venait à ma rencontre.

Quand cette silhouette ne fut plus qu'à quelques mètres, je reconnus Fulvio.

À en juger par son air étonné, presque hostile, il ne s'attendait pas à me croiser sur ce chemin.

Il m'avait adressé un salut dont la froideur inhabituelle me laissa penser que, dans la pénombre, il m'avait pris pour quelqu'un d'autre.

– 20 –

« *Quel était ton état d'esprit en quittant Mme de N… ce soir-là ?*

— J'étais sur un nuage…

— *On t'avait pourtant fait attendre. Et, ensuite, on t'avait presque congédié…*

— Certes, mais on peut également dire que la femme la plus intelligente de l'univers m'avait reçu avec grâce. Qu'elle m'avait aspergé de paroles parfumées. Que j'avais adoré ses gestes, l'histoire de son belvédère, ses chevilles, sa façon d'être nue sous sa blouse, son salon posé sur la mer…

— *Nous t'observions… Sais-tu que, devant cette femme, tu ressemblais au petit lézard bleu que tu avais voulu écraser sur ta terrasse ? Même innocence, même regard crédule…*

— En présence de cette femme, il est impossible de ne pas être innocent. De toute façon, elle devine ce que l'on voudrait dissimuler…

— *Cette* Nyssia au bain *et cette* Femme damnée *ont dû te mettre sur la piste…*

— Je ne vois pas ce que vous voulez dire… L'érotisme a toujours fait partie du décor capriote…

— *Oublions ça … Donc, tu te sens mûr ?*

— Mûr pour quoi ?

— *Mûr pour le transport, pour le frisson, pour le tralala…*

— Je m'approchais de toutes ces sucreries à pas de colombe. J'essayais de deviner, depuis l'obscurité sentimentale où j'avais toujours vécu, si j'avais raison ou tort de m'engager ainsi. Dans ma tête, tout se mêlait, comme c'est l'usage au début : le désir, le sexe, la volonté, la possession, l'élan…

— *Te doutais-tu alors que…*

— Ce soir-là, sachez-le, notre avenir n'avait pas encore commencé. Il patientait quelque part.

— *"Notre" ? Tu ne perds pas de temps…*

— "Notre", c'est une façon de parler, bien sûr. Pour moi, l'avenir, c'était alors, et seulement, la suite de cette soirée-là.

— *Procédons par ordre : il y a d'abord eu un lendemain. Puis un dîner. D'ailleurs, est-elle venue ? Il y avait un "à moins que je change d'avis" dans sa promesse.*

— Oui, oui, elle est venue, et ce fut merveilleux. J'étais inquiet, vous vous doutez bien. Pas sûr de moi. Mais ça n'a pas duré. Je prenais un verre sur la terrasse du Grand Hôtel sans savoir si elle allait surgir ou si elle m'avait déjà oublié, je bavardais avec un éditeur parisien – un homme avenant, un romantique, hélas, qui lisait le *Graziella* de Lamartine – quand on m'a fait savoir qu'elle m'attendait à la réception. Vous dire mon état d'ébullition à cet instant ! Et le regard admiratif du directeur de l'hôtel qui a tenu à m'annoncer lui-même que Mme de N… me réclamait !

— *Cette scène, crois-le bien, ne nous avait pas échappé.*

— Vous y avez assisté ?

— *Nous pouvons être, si nous le désirons, les témoins attentifs de tout ce que tu as vécu, vis et vivras.*

— Alors, vous avez dû voir… Vous avez dû me voir quand j'ai quitté l'hôtel à son bras. Quand nous avons marché jusqu'à la Piazzetta, là où nous nous étions vus pour la première fois. Vous vous rendez compte ? Je la tenais par le bras, ma peau frémissait au contact de la sienne, je respirais ses cheveux, ses gestes, ses pas. Nous avons fini la soirée dans un petit restaurant niché sous d'énormes citronniers. C'était le premier moment important de notre histoire. Nous l'avions baptisé le dîner-citronnier.

— *Zita, la servante enturbannée, vous avait-elle suivis dans ce restaurant ?*

— Oui, Zita ne quittait jamais sa maîtresse. Elle s'était assise à une autre table. Elle nous observait de loin. Il aurait sans doute suffi que Blanche donne un ordre à cette sorcière pour qu'elle m'égorge.

— *Vos sujets de conversation ? Nous avons besoin de le mentionner dans nos rapports…*

— Au début, j'avançais avec prudence. Puis ça s'est emballé. Et nous avons parlé littérature, sentiments, sexe. Surtout sexe… Disons, sexe et littérature… C'est le mélange que je préfère et, par chance, qu'elle préfère aussi. Cette femme avait tout lu, je vous assure ! Son seul chagrin d'amour, m'a-t-elle dit, c'était la mort du prince André dans *Guerre et Paix*. J'étais sous le charme.

— *Elle te sortait son grand jeu.*

— Avec, sur chaque sujet, des idées originales, des paradoxes, du style, des mots toujours troublants...

— *Tu deviens franchement comique !*

— ... oui, ce soir-là, sous les citronniers de notre petit restaurant, elle m'a clairement dit qu'elle préférait un homme éloquent à un amant agité. Que cet homme-là, s'il prononçait les mots justes au moment juste, pouvait la transporter jusqu'au bord de...

— *Épargne-nous les détails... En gros, Blanche t'avouait qu'elle était capable de jouir si, en certaines circonstances, on l'entretenait d'une certaine façon...*

— Exactement.

— *C'est assez banal, non ? Il y a toujours eu des femmes, et même des hommes, sensibles à ce genre d'aphrodisiaque. En général, c'est mignon, ça facilite les opérations, mais ça ne va pas très loin.*

— Il est quand même remarquable que Mme de N... ait insisté pour me raconter ça alors qu'on se connaissait à peine.

— *Elle te détaillait par avance son mode d'emploi, voilà tout !*

— Vous savez, je suis certain que j'avais affaire à une femme susceptible de changer de "mode d'emploi" plusieurs fois par jour.

— *Quels autres sujets avez-vous abordés ?*

— Les poètes, les romans… Nous aimions à peu près les mêmes écrivains. Baudelaire, Cioran, Stendhal, Benjamin Constant, Casanova, Aragon…

— *À propos : aviez-vous reparlé de cette "Miss Nancy", la fausse grand-mère de M. Cunard ?*

— Oui, elle m'avait demandé pourquoi, d'après moi, cette femme "baisait" avec n'importe qui, sous les yeux d'Aragon.

— *Elle a bien dit "baisait" ?*

— Exactement ! Et ce mot si inconvenant, si explicite, dans sa bouche royale, m'avait fait l'effet d'une déflagration. Comme si, soudain, elle avait ôté sa blouse et s'était montrée nue.

— *Elle s'amusait ! Elle voulait savoir jusqu'où elle pouvait t'affoler. Et qu'avais-tu répondu ?*

— J'avais commencé par supposer qu'Aragon aimait souffrir, mais cette hypothèse ne lui avait pas paru suffisante.

— *Que proposait-elle ?*

— D'après elle, Aragon ne devait pas détester que Nancy "baise" devant lui. Blanche pensait même que certains hommes adorent ça. Elle avait ajouté : "Et certaines femmes, je te l'assure, ne détestent pas les hommes qui adorent ça…"

— *C'était une proposition ?*

— Comment savoir ? D'autant qu'elle a tenu à préciser sa pensée en m'affirmant ceci, qui m'a laissé un peu sceptique : "Les êtres humains, crois-moi, trouvent toujours de nouvelles façons de se mortifier. Ou de se faire jouir…"

— *Avais-tu encore envie de la prendre dans tes bras? De déchirer sa robe? De la posséder sous les citronniers de votre restaurant?*

— Follement envie! Plus que jamais! Et j'attendais qu'on m'y invite.

— *Il est indiqué, dans notre dossier, qu'elle t'a demandé de la retrouver à Naples, chez un ami, quelques jours plus tard...*

— Vraiment? Je ne suis pas encore au courant.

— *Et, ce soir-là, que s'est-il passé?*

— Eh, là! Vous avancez plus vite que la musique! J'y viendrai à cette nuit de Naples, laissez-moi le temps de la vivre.

— *Tu devrais savoir, une fois pour toutes, que nous sommes contemporains de tous les moments de ta vie, même des moments que tu n'as pas encore vécus. Alors, avant, après, quelle importance?*

— Je préférerais que les événements de Naples, dont je n'ai pas connaissance, ne soient pas mentionnés dans votre rapport. Notez simplement que j'avais emprunté un smoking à Cornelius.

— *À partir de quel moment as-tu pris conscience de la perversité notoire de ton interlocutrice?*

— Je ne vous permets pas de parler ainsi. Blanche est une créature supérieure.

— *Fini Mme de N...! Il n'y a plus que "Blanche" on dirait...*

— C'est l'émotion! Je reconnais que ce premier dîner fut l'un des moments les plus intéressants de ma vie.

— *Mais comment faisais-tu pour jouer au joli cœur et, en même temps, honorer tes obligations de Ministre Conseiller ? Personne ne t'attendait au palais Farnèse ?*

— Si, si, on m'attendait ! Mes collègues-spectres m'attendaient... J'avais fait savoir qu'une urgence familiale me retenait – ce qui n'a pas tardé à devenir vrai puisque c'est en revenant de ce merveilleux dîner que j'avais appris... la mort de mon père ! Une crise cardiaque ! Surprenant, a priori, chez un homme que j'ai toujours cru, fort injustement, dépourvu d'un tel organe. Mais vous étiez déjà en possession de cette information, non ? De toute façon, ma carrière était mal partie depuis longtemps.

— *Crise cardiaque... Bonne nouvelle pour nous ! Mais pour toi ?*

— Mauvaise, car je n'avais pas eu le temps de lui faire savoir que je n'étais pas un fils absolument décevant... Mais bonne, et même très bonne, car mon héritage signifiait que, bientôt, je n'aurais plus besoin de faire le pitre sous mes lambris d'ambassade.

— *Avais-tu l'intention de faire un bon usage de ta nouvelle fortune ?*

— Oui, oui, j'étais bien décidé à être exemplaire. Mais d'abord, je voulais prendre congé de mes collègues et nager tant qu'il me plairait autour de l'Île Magique.

— *S'il te fallait résumer, que s'était-il passé de si remarquable, finalement, pendant ce dîner ?*

— Ce soir-là, j'ai prononcé une phrase qui, jusqu'à cet instant, m'avait toujours paru incompréhensible.

— *Ah !*

— J’ai dit à Blanche “je crois que je vous aime”.

— *Malheureux!*

— Tout dépend de l’endroit d’où provient cette phrase. Si elle plante ses racines dans le tréfonds de l’être, et s’adresse à la même zone dans l’être de son destinataire, c’est une affaire sérieuse et pleine de malheurs à venir. Si ces mots, en revanche, proviennent d’une zone très superficielle et momentanée de l’être, tout en étant pointée vers la même zone chez le partenaire, ça reste sans conséquence. Et je dois avouer que c’était probablement le cas.

— *Sa réponse?*

— Elle a compris tout de suite que je n’étais pas sérieux. Du coup, elle a paru légèrement excédée. “Tu m’aimes… Tu m’aimes… Mais je le sais! m’a-t-elle répondu… Tu crois peut-être que ça ne se voit pas?” Après quoi elle a éclaté de rire et réclamé un verre de *limoncello*.

— *Dirais-tu, toi, que ça n’était pas “sérieux”?*

— À partir de quelle saison de ma vie me posez-vous cette question?

— *Nous t’interrogeons depuis le présent… Ton présent… Disons que nous te posons cette question dans l’heure qui a suivi ce dîner sous les citrons-lampions.*

— Alors oui, à cet instant, je l’aime.

— *Et si nous t’interrogeons maintenant depuis ton avenir? Depuis le moment où tu écris la page que tu es en train d’écrire.*

— Alors, là, je la hais un peu.

— *Quand vas-tu t'installer dans des sentiments moins friables ?*

— Mais qui êtes-vous, au juste, pour me poser des questions aussi indiscrètes ?

— *Tu ne l'as pas encore deviné ?* »

– 21 –

Passons, passons, passons,
sur les quelques semaines
qui avaient suivi ce dîner-citronnier…
Semaines lentes, fades et finalement confuses
pendant lesquelles il m'avait fallu…

… enterrer mon père au cimetière de Montmartre, non loin de la tombe de Stendhal – sur laquelle je ne manquai pas de déposer une gerbe de roses et de lilas. J'aurais préféré un bouquet rouge et noir, mais il n'existe pas de fleurs noires. Je tiens cette négligence de la nature pour l'un des mystères les plus impénétrables de l'univers.

… prononcer à cette occasion un discours empreint de gratitude, de respect, voire de tendresse imaginée et surjouée, à l'endroit d'un homme qui, avec un sens particulier de l'injustice, m'avait toujours considéré comme l'assassin de son unique amour : ma mère.

… me composer un visage d'affliction, d'abord feinte, puis progressivement sincère (*syndrome d'Adophe*) à mesure que je prenais au sérieux la grande, noble, spectaculaire et trompeuse comédie du deuil. Étais-je accablé ? Ne l'étais-je pas ? Je me dupais moi-même avec tant d'application qu'il m'avait été impossible de savoir sur quel état ma sincérité devait se fixer.

… répondre à l'abondant courrier qui s'était ensuivi en trempant ma plume dans des encriers de sentiments cartonneux. J'excellais dans cet exercice auquel la diplomatie m'avait efficacement préparé. À plusieurs reprises, j'utilisai la formule : « sa mémoire, son exemple, m'aideront chaque jour… »

… signer chez un notaire plusieurs documents m'établissant, à la surprise générale, comme unique héritier – alors que mon père avait, sa vie durant, affirmé qu'il léguerait l'essentiel de ses biens à des œuvres de charité. Je ne connaissais pas, dans le détail, l'ampleur de la fortune qui m'aspergeait soudain, mais elle me parut rapidement bien supérieure à mes espérances. Je fus baptisé par un déluge de cartes de crédit, de chéquiers, de lingots, de comptes bancaires. On me remit également la chevalière que mon père tenait de ses ancêtres et qu'il portait avec une arrogance qui me faisait immanquablement horreur. À l'intérieur de celle-ci, étaient gravées les initiales de ma mère – ce que j'ignorais. Mon père avait donc su aimer et, de plus, il veillait à mon bien-être. Double surprise.

… découvrir, sous l'œil envieux d'avocats, de cousins éloignés, de domestiques, de clients obséquieux, de banquiers et d'aigrefins attirés par le fumet de ma nouvelle prospérité, que j'étais désormais un homme riche – ce qui me valut, aussitôt, des égards que ma candeur d'autrefois aurait pu prendre pour de l'estime. J'appris bientôt toutes les répliques de mon nouveau rôle. Je les rodais entre ma langue et mes lèvres. Je les suçais comme des bonbons. Je les mâchais. Et les crachais, au moment opportun, afin que leur solennité me vaille en retour prestige et considération. De toute façon, vu mon nouvel état, tous trouvaient admirable chacune des phrases que je prononçais.

… ne rien laisser paraître de la joie secrète que cette situation avait fait naître en moi. J'étais libre, enfin… Libre pour qui ? Libre de quoi ? J'avais désormais tout le temps nécessaire pour répondre à cette double question plus ou moins inutile.

… éconduire avec générosité les nombreuses maîtresses de mon père auxquelles il avait verbalement promis ceci ou cela. À l'une d'entre elles, qui ne réclamait rien, j'offris sa chevalière. J'avais envisagé de la jeter dans la mer, disons aux pieds des Faraglioni, comme Gygès l'avait fait de son anneau. Mais je suis certain qu'elle me serait revenue dans le ventre du poisson qu'on m'aurait servi dans une trattoria de Naples ou d'Amalfi. L'ombre de mon père, je le savais, n'avait pas plus l'intention de me lâcher depuis l'outre-tombe qu'elle ne l'avait fait de son vivant. D'ailleurs, je m'entretenais souvent avec lui, la nuit, pendant mon demi-sommeil. On aurait pu dire, en un sens, que nous n'avions jamais été aussi proches.

… vider ma geôle du palais Farnèse et prendre congé des spectres qui avaient fait ma compagnie, ici et là, depuis plus de vingt ans. En guise d'adieu, mes collègues tinrent cependant à m'offrir une lettre du cardinal de Bernis à Casanova. Ce geste délicat me fit regretter le dédain que je leur avais si injustement réservé. La petite réunion protocolaire qui se tint à cette occasion me fit cependant revenir sur ma tentative de volte-face affective : ces spectres restaient, et resteraient à jamais, des spectres.

… renouveler ma garde-robe afin d'entrer avec allure dans ma nouvelle vie. C'est dans ce but que je passai quelques jours, à Milan, chez les tailleurs et les chemisiers de la Via Montenapoleone. Cornelius fit le voyage, depuis Capri, pour me conseiller, surtout dans le domaine des vestes de lin, des mocassins souples et des pochettes. L'habit faisant le moine, je devins aussitôt un autre homme, du moins au regard de mes contemporains immédiats. Désormais, le concierge du Grand Hôtel ferait claquer ses talons en m'apercevant et les courbettes des garçons d'étage s'augmenteraient de plusieurs degrés. L'argent, décidemment, a des pouvoirs merveilleux. Je venais de comprendre qu'il était le plus puissant, le plus habile, le plus serviable, des magiciens en activité dans ce monde.

… m'installer dans l'appartement du Palais-Royal où vivait mon père. Y occuper une seule pièce : la chambre de ma mère où je venais, enfant, respirer le parfum qu'elle avait laissé dans ses armoires. Dans le même temps, j'avais confié à un décorateur le soin d'embellir les pièces de réception où je n'avais pas l'intention de mettre les pieds.

… penser, chaque jour, aux jambes de Blanche, à ses yeux immenses, à ses clavicules, à ses robes terriblement fendues, à ses mots qui n'avaient peur de rien. Elle me manquait. Comme si l'on m'avait séparé d'un morceau important de moi-même, jambe ou bras. Il était hors de question que je le lui fasse savoir dans la mesure où cette femme, tout bien considéré, n'avait aucune raison de m'appartenir. Je me consolais de mon mieux avec les créatures qui me furent présentées au cours des dîners sophistiqués dans lesquels, devenu un excellent parti, j'étais désormais invité et bien placé.

… me faire, plusieurs fois par jour, le serment de ne pas téléphoner à Mme de N… afin de ne pas lui offrir le gage trop évident de mon addiction à son être, à sa présence, à sa conversation – et à l'ensemble des désirs qu'elle m'inspirait.

… me dire et me redire, sans parvenir à m'en persuader, que mon absence absolue de tristesse depuis la mort de mon père ne prouvait que partiellement ma nature monstrueusement égoïste.

… revenir à Capri – que mon esprit, de fait, n'avait jamais quitté. Mais y revenir sur un grand pied.

… attendre que Blanche, lassée d'être la reine absente de mes pensées, consente à me rappeler et à me dire qu'elle brûlait de me revoir.

– 22 –

Elle me rappela.

Et, naturellement, nous nous revîmes.

D'abord de temps à autre, ou par hasard. Puis de plus en plus souvent – ce qui hâta, entre nous, la naissance d'une intimité joueuse et joyeuse. Chaque rencontre nous rapprochait. Je l'attendais là où, inspiré par mes théories très subjectives concernant l'attraction réciproque des humains, elle finirait par me rejoindre.

Il arrivait que Blanche me fît savoir par Zita qu'elle souhaitait bavarder, toutes affaires cessantes. L'intérêt qu'elle semblait me porter prit de l'ampleur. Il dépassait maintenant la durée de vie des caprices ou des tocades, sans pour autant prétendre à la longévité d'un vrai lien. Entre elle et moi, beaucoup de légèreté et des conversations dont la liberté de ton me troublait chaque jour davantage. Rien, jamais, ne la surprenait. La beauté, l'intelligence, l'arrogance, lui composèrent bientôt, à mes yeux, une manière d'être qui me la rendait unique.

Parfois, ses convocations étaient impérieuses : elle fixait l'horaire de nos rencontres, le lieu, leur durée probable, en précisant par avance la nature des sujets dont elle souhaitait s'entretenir. Cela pouvait concerner le roman qu'elle était en train de lire, une affaire de géopolitique, un quatrain obscur de Maurice Scève ou de Catherine Pozzi, les fluctuations d'un cours de Bourse, tel scandale mondain survenu à Rome, à Paris ou à Naples. Blanche était avide de détails, d'hypothèses, d'informations inédites. Elle ne me parlait jamais de ses amours, ni de ses désirs, ni de ses mœurs. Elle adorait se moquer, médire, réfléchir, plaisanter, s'assombrir, blesser, consoler. Elle possédait, comme personne, le don d'ajouter mille fantaisies à n'importe lequel de ses propos.

D'ailleurs, dès que la réalité lui paraissait insuffisante, Blanche s'amusait à l'augmenter de mensonges si nombreux et si curieusement choisis que cette réalité s'évaporait à son contact, comme une goutte d'eau sur une pierre brûlante. Tout, sans cesse, fluctuait dans les récits qu'elle me faisait de tel ou tel événement de son passé, et je ne songeais pas à m'en plaindre tant je me divertissais moi-même de son imagination en perpétuelle virevolte. Il ne m'avait pas fallu longtemps pour découvrir que, contrairement à ce qu'elle m'avait d'abord confié, M. de N… ne s'était jamais suicidé, mais qu'il s'était paisiblement éteint dans son sommeil l'année qui avait suivi leur mariage. De même, Zita n'avait jamais appartenu à une très hypothétique dynastie caraïbe, puisque Blanche m'apprit elle-même, par la suite, que sa servante avait toujours été parisienne et travaillait dans un night-club du quartier de l'Opéra quand elle avait fait sa connaissance. Quel besoin avait-elle eu de désarticuler, avant de les réparer, des épisodes dont la saveur n'eût pas été amoindrie par une version plus véridique ? Lorsqu'il m'arrivait de lui signaler quelque contradiction, elle me rétorquait : « pourquoi t'énerves-tu ? Les choses *auraient pu* ressembler à ce que je te raconte... » – et elle reprenait appui sur son rire qui, dans ces moments-là, retrouvait ses harmoniques les plus sensuelles.

Je découvris ainsi, à mesure, que Blanche vivait dans un monde qui n'était tenu par aucun principe.

Elle s'attribuait par ailleurs le droit de changer les règles du jeu au milieu d'une partie.

Le plus surprenant, c'est que cette manière de faire, qui m'admettait dans une proximité excitante, me plaisait chaque jour davantage. Je croyais même y pressentir, sous l'effet d'un narcissisme qui me paraît rétrospectivement absurde, les signes avant-coureurs d'un érotisme intense.

Le précipité chimique que nous formions avait fini par provoquer, entre nous, une série d'ébullitions, de surprises, de captations, qui me transformèrent insensiblement.

Et je m'étais convaincu qu'un bonheur inédit m'attendait quelque part dans l'avenir.

Je n'avais jamais rien connu de tel.

Bientôt, Mme de N… disparut.
Il n'y eut plus que Blanche.

Les jours passant, il m'avait tout de même fallu admettre que Blanche ne songeait guère, ou feignait de ne pas songer, aux capitulations torrides que j'espérais. Elle prenait plaisir à ma compagnie, me faisait ses confidences, mais ne semblait pas vouloir aller plus loin. Bientôt, il me fallut ravaler mes désirs. Ou m'en procurer d'autres en passant chez Cornelius où m'attendaient toujours de jolies personnes impatientes de me consoler.

– 23 –

Faute de mieux, je me projetais alors, avec Blanche, dans des étreintes hypothétiques. Je rêvais d'elle sur ma terrasse du Grand Hôtel. Je voyais son visage d'abandon. J'entendais son souffle. Je sentais chaque effluve de sa peau soumise. Et ces pensées délicieuses, douloureuses, frustrantes, qui ne mordaient d'aucune manière sur un présent avec lequel il me fallait pourtant composer, se satisfaisaient étrangement de n'être qu'elles-mêmes.

Lors de notre deuxième ou troisième rendez-vous, et tandis que nous échangions des considérations sans importance sur la dynastie Cunard, elle m'avait brusquement interrogé :

« Qu'est-ce que Cornelius t'a appris à mon sujet ?

— Il m'a dit que vous étiez riche, veuve et libre… Et que vous pouviez être dangereuse…

— C'est exact. Sur ces quatre points… On ne pouvait pas mieux me résumer… À partir de là, tu as dû t'imaginer bien des choses… Raconte-moi…

— Je préférerais ne pas…

— Raconte-moi… Avec des détails…

— Vous me trouveriez vulgaire.

— Vulgaire ? Mais c'est très bien, la vulgarité. Parfois, c'est même charmant. Et excitant. »

Elle se tut un instant – avant de poursuivre :

« Si tu veux être mon ami, tu devras apprendre à te mettre en danger… Tu sais bien que je suis déjà informée de tes pensées les plus secrètes, les plus obscènes, les plus vraies.

— Alors, pourquoi vous répéter ce que vous savez déjà ?

— Pour le plaisir de t'entendre l'avouer. Moi, par exemple, je peux tout dire… Veux-tu que je te le prouve ? »

Cette sortie intempestive, que rien n'annonçait, avait jeté du feu dans ma tête. On s'approchait d'un moment de vérité.

« Parlez donc à ma place, avais-je murmuré. Dites-moi ce que j'ai imaginé. Avec des détails… »

Elle se tourna vers Zita :

« Tu crois qu'on peut lui parler franchement, ma chérie ? »

Zita agita son visage, de haut en bas, en signe d'approbation.

« Eh bien, reprit Blanche, voici ce que tu t'es dit… Tu t'es dit, bon sang, que va-t-il se passer avec cette femme ? Elle est bizarre, elle me plaît, m'invite, m'excite, semble s'intéresser à moi. Et puisqu'elle est très libre, n'est-ce pas, elle doit recruter ses amants comme bon lui semble. Alors… »

Elle s'interrompit quelques secondes pour demander à Zita de lui masser les épaules pendant qu'elle me parlait. Puis elle reprit :

« Alors tu t'es dit, après quelques préliminaires, quelques allusions, disons après une heure ou une semaine de bavardages plus ou moins vaporeux, d'étonnements, de charmes réciproques, de flirt, de baisers au clair de lune, d'étincelles dans les yeux, après toute cette jolie parade, on passera aux choses sérieuses… »

Zita, qui écoutait ce discours, approuva :

« Oui, les choses sérieuses… »

Son accent créole ajoutait une sorte de miaulement à sa voix – qui était (l'ai-je déjà précisé ?) la voix la moins humaine qui se puisse entendre.

Mais Blanche n'en avait pas fini :

« … oui, ce jour-là, comme un bon petit mâle, tu te montreras viril, tu voudras exhiber tes muscles, ta vigueur, et tu m'empoigneras. Dans un lit, sur un rocher plat, sur une plage, sur le bateau de Cornelius, sur la terrasse de ta chambre du Grand Hôtel, ça dépendra de l'endroit où nous serons. Ce pugilat déclenchera en nous un déluge d'hormones favorables, des émissions de fluides intéressantes, nous nous frotterons aussitôt l'un sur l'autre, puis nous passerons à l'étape officielle en nous agitant l'un dans l'autre, frénétiquement, et conformément aux exigences de notre espèce, pendant dix ou quinze minutes, je ferai oui, oui, oui au bon moment, et toi, en écho, tu feras des Oh ! et des

Ah ! que tu agrémenteras peut-être de quelques injures dégoûtantes et bienvenues. Cette comédie pourrait recommencer, selon tes aptitudes, peu après, dans la nuit, le lendemain, ou le jour d'après, jusqu'à nos lassitudes réciproques et prévisibles. Tu me suis ?

— Blanche, je vous en prie…

— Dans la plupart des cas, c'est à ce moment-là, surtout chez les individus ordinaires, que l'amour s'en mêle. C'est drôle d'ailleurs, plus il y a de la matière, des odeurs, du corps, entre deux êtres, plus ils se sentent obligés d'envelopper le tout avec des sentiments et de la spiritualité… Je crois, cela dit, que nous serions quand même assez intelligents pour nous épargner ce ridicule. Mais si ce mauvais sort devait s'abattre sur le couple très provisoire que nous formerions, il faudrait aviser… Des gens comme nous n'ont pas besoin de s'aimer pour se baiser. C'est bien tout ça que tu as imaginé, non ? »

Je restai sans voix tandis que Blanche, devant moi, riait sans méchanceté de mon embarras.

Elle s'adressa à sa servante :

« Tu connais la musique, toi, n'est-ce pas, ma Zita ? »

Et, se tournant vers moi :

« Vois-tu, j'ai beaucoup fait l'amour dans ma vie, beaucoup plus que la plupart des femmes, j'ai fait l'amour avec des individus normaux ou extravagants, y compris des individus dont je ne connaissais pas le nom et dont je n'avais même pas entendu la voix, et j'ai adoré ça. Oui, j'ai beaucoup joui, bien plus qu'aucune autre femme, je crois, mais dire de cette activité relativement bestiale, quoique non dénuée d'intérêt, qu'elle est le but ultime de nos actions, de nos calculs, de nos ambitions, de nos efforts désespérés pour avoir l'illusion d'être moins seuls en ce monde, non, ça ne va pas, ça ne me va pas du tout.

— Qu'avons-nous d'autre à notre disposition ? avais-je objecté.

— Je te le dis, nous ne serons pas cette sorte d'amants. Tu m'entends ? Il n'en est pas question ! Plus tard, un jour, après, si la circonstance s'y prête, si notre histoire devient banale, je ne dis pas… Pour le moment, c'est non ! Je suis devenue beaucoup plus exigeante…

— Je n'ai rien contre l'exigence.

— Et, en plus, j'aurai peut-être mieux à te proposer… »

Cette conversation m'avait perturbé.

Que devais-je en penser ?

Sur le moment, tout resta en suspens.

Le meilleur et le pire pouvaient également se déduire de cette profession de foi.

Au cours des jours suivants, elle se fit encore plus proche.

Afin de s'excuser – était-ce le mot juste ? – de ne pas s'offrir à moi, elle m'avait demandé avec la douceur d'une tendre amie si je voulais qu'elle me procure une femme pour la nuit ou la semaine.

« Je connais des filles magnifiques, à Naples, à Positano… Je pourrais demander à Fulvio d'aller les chercher. Il les connaît pour la plupart. J'en profiterai, d'ailleurs, pour lui en offrir une. Il me semble bien triste ces derniers temps... »

Bien sûr, j'avais refusé – même si ce scénario m'avait brièvement enflammé l'imagination.

Mais elle avait insisté :

« Si tu avais accepté ma proposition, de quel genre de femme aurais-tu eu envie ? Et m'aurais-tu permis de te regarder quand tu fais l'amour ? »

À cet instant, dans ses yeux, je crus apercevoir des reflets jaunes semblables à ceux que j'avais vus dans les yeux de Zita.

– 24 –

Certaines nuits d'insomnie,
je bavardais aussi avec mon père.
Nos conversations étaient toujours les mêmes.

« Au fond, je ne t'en veux pas (*telle était, chaque fois, sa première phrase*).

— Pourquoi auriez-vous pu m'en vouloir ?

— Cette femme, tout de même…

— Eh bien ?

— À quoi bon avoir légué tout ce que j'ai eu tant de peine à accumuler à un fils qui s'empresse de devenir un esclave ?

— J'obéis, mais je ne suis pas un esclave.

— Tu joues sur les mots.

— De toute façon, vous n'avez jamais apprécié les femmes qu'il m'arrivait de vous présenter.

— Je dois admettre qu'elles ont toujours été décevantes.

— Même Blanche ?

— Blanche est la pire de toutes. Une mauvaise fille... Et tu ne la baises même pas !

— “Baiser”, dans votre bouche de défunt prestigieux, est aussi troublant que dans la sienne.

— Les défunts ont le droit d’utiliser les mots qui leur étaient interdits de leur vivant.

— Donc, je ne la “baise” pas, mais il n’est pas impossible que cela change bientôt.

— Tout nous sépare... Je le sais... Je l’ai toujours su...

— Comment faites-vous pour ne pas être sensible au charme de Blanche, à sa beauté, à sa force ?

— Ah, si tu avais connu ta mère au lieu de la faire mourir ! Tu aurais pu savoir ce qu’est une femme charmante, belle, forte...

— Je n’ai jamais voulu qu’elle meure, vous le savez.

— Elle est morte à l’instant où tu es né. Que te faut-il de plus ?

— Mais Blanche, tout de même...

— Pas grand-chose.

— Comment pouvez-vous ?

— Si tu me l’avais présentée, je n’aurais même pas essayé de lui plaire...

— Vraiment ?

— Oui, vraiment. Avec elle, tu rateras tout. D’ailleurs, y a-t-il une seule chose au monde que tu sois susceptible de ne pas rater ?

— Mesurez-vous la cruauté d’une telle phrase ?

— Je mesure, je mesure... Mais la cruauté concerne peu les morts. D’ailleurs, c’est le grand avantage de l'outre-tombe : on peut y être innocent, même quand on est coupable. Cela dit, j'apprécie que cette Blanche évoque avec tendresse et nostalgie la mémoire de son époux décédé. Je doute que tu puisses jamais en faire autant.

— J'en ai bien l'intention.

— En ce moment, mes restes grelottent sous la terre du cimetière de Montmartre.

— Vous n'avez pas sympathisé avec Stendhal ?

— La sympathie ne circule pas parmi les morts… De plus, de là où je me trouve, je ne cesse d'apercevoir des flatteurs qui viennent fleurir la tombe de cet écrivain que j'ai eu la sagesse de ne jamais lire. Certains écrivent même, sur le marbre de sa tombe, des formules ésotériques sans doute destinées à entretenir quelque culte plus ou moins satanique…

— Des formules ésotériques ?

— Oui, ils écrivent cinq lettres : SFCDT… On se demande bien pourquoi… Sans doute les initiales d'une secte…

— Ah, je suis heureux de pouvoir vous apprendre ce qu'elles signifient, cher papa : ces cinq lettres font allusion à la devise de Stendhal : "Se Foutre Carrément De Tout". C'est là un précepte que je m'efforce de suivre…

— Quelle honte ! Cet Italien est un jean-foutre… J'en étais sûr…

— Il n'est pas vraiment italien…

— Il est milanais, c'est écrit sur sa tombe… Je peux le lire sans même sortir de la mienne…

— Soit ! Je ne veux pas vous contrarier…

— Tu m'as toujours contrarié !

— En tout cas, puisque vous avez pris la peine de quitter votre séjour éternel pour me rendre une aimable visite, permettez-moi de vous dire, cher père, que je vous suis très reconnaissant de tout l'argent que vous m'avez légué.

— S'il n'avait tenu qu'à moi, tu n'aurais rien eu, ou une simple misère, mais je suis mort trop vite. Je n'avais pas eu le temps de préparer les choses. J'avais rendez-vous avec mon notaire le lendemain du jour de ma mort... Tu peux te vanter d'avoir eu beaucoup de chance...

— Vous avez raison : la mort d'un père est toujours une aubaine. C'est comme si on avait le droit, enfin, d'aérer la pièce où on se trouve...

— Je n'aime pas tes considérations désobligeantes. J'espère que ta Blanche saura bien te faire souffrir. Je te la souhaite piétineuse, infidèle, immorale, méchante, insatiable, vulgaire, impitoyable...

— Rassurez-vous, cher père, je ne crains rien. Personne ne peut vraiment me faire souffrir. N'oubliez pas que vous m'avez légué, avec votre argent, une insensibilité absolue. Comment vous remercier ? »

Quelques sons de voix me parviennent encore.
Mais ces sons semblent tomber
au fond d'un puits.
Bientôt,
ils disparaissent
et l'on n'entend
plus que
le
silence.

– 25 –

Certains jours, Blanche me convoquait impérieusement.

Elle voulait marcher jusqu'à la Villa Jovis, ou le long de la Via Krupp. Parfois, nous allions jusqu'à Anacapri où nous faisions une halte rituelle dans la musée d'Axel Munthe.

Nous grimpions sur son immense pergola recouverte de jardins, là où une sphinge de granit bleu contemple la baie de Naples. Blanche me demandait alors de fermer les yeux et de faire un vœu. Si nous formulions le même, au même instant, tout en caressant le front de la sphinge, ce vœu se réaliserait, infailliblement, avant le crépuscule.

Je fermais donc les yeux, je priais la sphinge de faire en sorte que Blanche tourne son visage vers le mien, m'enlace, me donne un baiser – mais rien n'advenait.

Blanche, sans doute, n'avait pas fait le même vœu.

À moins que Zita, qui nous suivait, ait usé de ses pouvoirs de sorcière pour intercepter et annuler un imminent miracle. Vigilante, menaçante, celle-ci se tenait à proximité, ne sachant de nos conversations que ce qu'elle parvenait peut-être à en lire sur nos lèvres. Son regard hésitait : devait-elle me trancher la gorge ou crever mes yeux ?

Blanche traitait pourtant sa servante avec un respect infini.

Un pacte fatal, dont je ne savais ni ne saurais peut-être rien, les liait l'une à l'autre.

C'est sur cette terrasse, au fil de nos promenades, que j'appris à mieux connaître Blanche.

Elle n'était pas une femme de sentiment. Méprisait les états d'âme, les attendrissements, les reproches, les jalousies, les affectivités pesantes. Avait pour principe d'approuver sans cesse la réalité, même lorsque celle-ci lui était défavorable – ce qui, il est vrai, ne lui arrivait pas souvent. La mélancolie et l'enthousiasme lui convenaient tour à tour. Aimant la lumière puis l'obscurité, les plaisirs aussitôt suivis de surprenantes ascèses, son humeur variait selon le jour, l'heure, l'instant.

Parfois, Blanche me parlait aussi de ses tentations avec une impudeur affolante. Elle me fit comprendre que, pour elle, la nature humaine recelait plusieurs arrière-mondes et estimait qu'il était sain d'y séjourner furtivement, comme on s'attarderait dans des contrées insolites et sans cesse renouvelées. Elle me laissa entendre – pour m'exciter ? – que, dans cet ordre de choses, elle ne se refusait aucun excès, sans permettre pour autant à ceux-ci de dévorer le reste de sa vie. Elle donnait rendez-vous à ses emballements, en profitait, leur tournait le dos après y avoir goûté, et s'employait à n'y plus penser.

« Je te choque ? » me demandait-elle alors.

Non, elle ne me choquait pas.

J'aimais, au contraire, ces aveux perlés dont je ne doutais pas qu'ils me conduiraient par degrés vers les délices que j'espérais.

Quand, à midi, nous avions envie de nager, nous allions jusqu'à la Fontelina pour y partager un long bain d'automne. Je contemplais Blanche tandis qu'elle plongeait d'une jetée. Sa beauté me paraissait irréelle. Sa peau dorée me tourmentait et m'apaisait. Quand elle surprenait mon émotion, elle fronçait les sourcils d'un air moqueur et me priait simplement de me calmer :

« Allons, cesse de me regarder comme ça ! Je ne suis pas ce que tu vois. Bientôt, je serai vieille et laide. Et, juste après, je serai une charogne… Pourrais-tu me réciter le poème de Baudelaire ? Tout de suite, oui, allez, allez… Ah, tu ne le sais pas par cœur ? Tu es décevant… »

Puis elle se laissait envelopper dans la serviette que Zita lui tendait.

Souvent, nous regardions le ciel en silence.

Blanche était, pour toutes ces raisons, l'être le plus singulier qui se puisse rencontrer. Il y avait, en elle, autant d'arrogance que d'aptitude à l'oubli d'elle-même. Autant de tendresse que d'insolence. Elle m'impressionnait. Me dominait. Tout en s'arrangeant pour que je ne déteste pas cette domination. Les femmes de cette espèce n'ont peur de rien. L'intelligence et l'audace les ont polies comme des galets. Leurs réflexes sont impitoyables.

Un matin, pour me déconcerter davantage, elle me rendit visite au Grand Hôtel et monta dans ma chambre au vu et au su du concierge et des garçons d'étage.

« Comme ça, cher ami, tout le monde croira que je suis ta maîtresse… Est-ce que cela te fait plaisir au moins ? »

Elle avait aussitôt ajouté que la plupart des hommes, à sa connaissance, se résigneraient sans peine à ne jamais coucher avec elle à condition que tout le monde soit convaincu du contraire.

« Est-ce que cela te suffirait ?

— Je préférerais l'inverse, lui avais-je répondu. Être votre amant, sans que personne le sache.

— Parfois, tu fais des phrases que n'importe qui aurait pu faire. Si tu as l'intention de devenir un individu prévisible, préviens-moi… Je n'ai pas de temps à perdre.

— Blanche, ne vous fâchez pas… »

Elle m'avait alors regardé d'un œil amusé et avait ajouté, d'une voix neutre :

« Franchement, j'ai mieux à te proposer. »

Et elle disparut pendant trois jours.

– 26 –

À quelques nuits de là, et alors que je rentrais seul dans ma chambre du Grand Hôtel, j'y trouvais Zita, assise sur un fauteuil, qui m'attendait dans la pénombre. Personne, à la réception ne m'avait signalé sa présence. Que me voulait-elle ? Comment avait-elle pu pénétrer ? Elle ne me répondit pas quand je l'interrogeai. Ses yeux jaunes me fixaient avec haine, sensualité, soumission, cruauté et quelques autres affects contradictoires.

Il m'avait fallu répéter ma question :

« Zita, que faites-vous dans ma chambre ? »

Elle s'était levée, plus silencieuse qu'un chat, avait ôté la ceinture soyeuse qui retenait sa robe, dégagé ses épaules, exhibé ses seins parfaitement éveillés, et déclaré de sa voix inhumaine et mécanique :

« Madame m'a chargée de vous dire que si vous en aviez envie, et si je vous plaisais, vous pouviez faire l'amour avec moi. Je suis très habile, je saurai vous donner beaucoup de plaisir, et puisque Madame le permet...

— Madame a vraiment dit ça ?

— Elle a dit, très exactement, que si vous en aviez envie, vous aviez le droit de me baiser. Madame n'emploie ce mot que lors des grandes occasions. Vous devriez en profiter… »

Sa robe était maintenant à ses pieds, découvrant le corps désirable d'une très belle femme. Elle avait posé un sourire sur ses lèvres. Un sourire d'automate mystérieusement soumis à un être lointain qui commandait à ses lèvres de s'entrouvrir et de prononcer certains mots, tout en les privant du moindre frémissement. Son regard ne crachait plus de flammes invisibles. Il n'était plus ce poignard destiné à ma gorge ou à mon dos. Pour la première fois, cette femme-sorcière me tendait un visage bienveillant et sensuel. Elle avait ôté le turban rouge et vert que je lui avais toujours vu, découvrant des cheveux plus longs et plus noirs que je l'aurais cru. Après quoi, elle s'était allongée sur mon lit, les bras croisés sur sa poitrine.

« Je ne te plais pas ? »

Elle avait écarté ses cuisses d'un geste provocant.

Elle articula quelques paroles soufflées par je ne sais quel malin génie. Des paroles ardentes et lointaines à la fois assorties d'expressions vides. Comme si une volonté qui n'était pas la sienne choisissait les mots qu'elle me jetait au hasard. Il fallait beaucoup d'audace, ou d'abandon, ou d'oubli de soi, pour prononcer de tels mots à cet instant.

« Viens, viens tout de suite, il est impossible que tu n'en aies pas envie… Regarde ce que je t'offre, regarde bien, c'est à toi… Je ruisselle… Viens, viens…

— Vous êtes très belle », avais-je fini par répondre, tandis qu'elle m'ouvrait ses bras.

Ses yeux étaient mi-clos, comme les yeux d'une possédée.

« Regarde, c'est à toi... »

Je lui avais alors tendu un peignoir avant de m'asseoir sur le bord du lit d'où elle m'appelait.

« Zita, pourquoi agissez-vous ainsi ? Jusque-là, vous me regardiez à peine, et d'une manière tellement hostile... »

Elle se redressa. Saisit mon poignet avec une vigueur que je ne lui aurais guère prêtée.

« Pour moi, c'est vrai, tu n'existes pas... Pour moi, tu n'es rien... Un cheval, un lézard, un rat, me ferait plus d'effet que ton allure de mâle satisfait. Mais je peux prendre du plaisir dans tes bras si cela plaît à Madame. Je penserai à elle. Je lui raconterai tes gestes, tes baisers, tes secousses, ton visage quand tu jouiras. Elle m'a demandé de lui faire un rapport fidèle et complet. Je me souviendrai de tout ce que tu vas me faire, et je le répéterai.

— Vous l'aimez à ce point ?

— Je suis comme toi. Je l'aime absolument. Qui pourrait ne pas l'aimer de cette façon ? Si tu le souhaites, je pourrais te raconter notre histoire... Une belle histoire... Mais je te préviens, je suis une menteuse, moi aussi.

— Tu es son amante ?

— Je tiens plusieurs rôles auprès d'elle, mais tu n'en sauras pas davantage. Je mourrais plutôt que de te révéler nos secrets. »

N'importe qui aurait eu envie de capituler devant cette femme magnifique, et j'avoue que j'en avais moi-même eu envie. D'autant que Zita avait, sans perdre une seconde, entrepris de m'enlacer, de se presser, de se pencher sur mon corps – qui ne comprenait pas pourquoi il devait se priver d'une telle beauté.

Quelque chose m'avait pourtant retenu. Un pressentiment ? Une méfiance ? Le souvenir de ce que Cornelius m'avait confié du jour où Zita s'était également offerte à lui ? Blanche voulait peut-être vérifier quelque attachement à elle seule. Il me parut plus habile d'en rester là et, malgré mon trouble, malgré le désir que j'aurais eu du mal à dissimuler, je priais Zita de se rhabiller et de quitter ma chambre – ce qu'elle fit avec un empressement presque désobligeant.

Sur le seuil, elle se retourna, sortit une enveloppe dissimulée dans son turban, et me la tendit en l'accompagnant de ces quelques mots :

« Si nous avions fait l'amour, j'avais ordre de détruire cette lettre. Mais, puisqu'il ne s'est rien passé, je dois te la remettre. C'est une lettre de Madame. »

Et elle disparut.

J'ouvris cette lettre.

Il y était écrit :

Je te retrouverai demain, vers minuit, chez le marquis d'Ursiglio, dont le palais se trouve à Naples, au bout de la Via Toledo. Une voiture t'attendra au port, devant l'Excelsior, à l'endroit où notre ami Fulvio a l'habitude d'amarrer son motoscafo. Quand le chauffeur te conduira dans ce palais, évite de lui poser des questions en chemin. Tu devras porter un smoking et disposer d'un masque dissimulant le haut de ton visage, tout en laissant ta bouche libre de ses mouvements et de ses paroles. Ton nom figure sur la liste des invités. Sois ponctuel. Surtout, ne parle à personne de ce rendez-vous. Je te souhaite une belle nuit.

Blanche.

– 27 –

Ce rendez-vous scintillait. Il s'impatientait dans un avenir brûlant. J'aimais qu'il m'attende ainsi. J'aimais son présage, son imminence, la délicatesse du dénouement qu'il m'annonçait. Je savais, je sentais, que tout allait s'accomplir enfin. Je bénissais le passé qui, tout en hâtant des bonheurs proches, avait su préparer mes désirs, les aiguiser, les porter jusqu'à cette pointe d'incandescence qui n'en finissait pas de me retourner la chair et l'esprit. Je bénissais la vingtaine d'heures qui me séparait de ce moment, et dont j'allais voluptueusement dévorer chaque seconde. Je vivais, ce matin-là, au rythme de mon cœur enchanté. Le *syndrome d'Adolphe* s'était loyalement acquitté de sa mission – jusqu'à nouvel ordre.

Je m'étais réveillé dès l'aube.

Sur la terrasse de ma chambre, m'attendait le petit lézard bleu qui, comme moi, sortait de sa nuit. Il m'avait jeté un regard ahuri en provenance de son monde minéral et je lui avais respectueusement répondu. Nous étions immobiles, attentifs l'un à l'autre. Aucune envie, cette fois, de l'écraser entre deux doigts. Ni d'envisager son sacrifice en l'honneur des dieux absents qui, pourtant, me promettaient encore un surcroît de bienfaits. Face à son corps d'écailles, à sa sérénité sans âge, j'avais eu, au contraire, envie d'être lui. De me glisser dans la simplicité de son destin. De circuler en sa compagnie parmi les fourmis, les moucherons et les pierres chaudes. Cette métamorphose s'accomplirait-elle, le jour venu, selon des lois naturelles ? Selon la fantaisie d'une volonté supérieure ? Je mourrai sans savoir.

Puis vint l'heure d'aller nager dans la mer épaisse et lisse. Le premier soleil incrustait des arcs-en-ciel d'une seconde dans chaque goutte d'écume soulevée par mes bras. Leurs couleurs diaprées renaissaient et disparaissaient au rythme de mes gestes réguliers. J'avançais. L'eau m'avalait. Me soulevait. Mon cœur se liquéfiait jusqu'à ne plus se distinguer de la mer où il infusait. Mon ombre se projetait sur des fonds de sable, de coquillages, de galets. Des courants successivement froids et chauds me frôlaient. Des ondes m'enveloppaient comme une soie. Ma mère inconnue me parlait à travers elles. Elle me caressait.

– 28 –

J'avais écrit les lignes suivantes en revenant de Naples.
Je les reproduis sans y ajouter une ligne.
Sans en ôter un mot.

… peu après minuit, le chauffeur me dépose devant le porche d'un vieux palais au bout de la Via Toledo. On vérifie mon identité avant de me guider à travers de longues galeries où des portraits d'ancêtres veillent dans l'obscurité. Des portes s'ouvrent, se referment, grincent sur mon passage. On m'indique un escalier dont je grimpe les hautes marches bordées d'anges en bois doré. J'arrive dans une salle de réception éclairée par des flambeaux et des bougies diffusant un parfum d'encens. Ambiance feutrée. Retenue. Presque religieuse. Là, une trentaine d'hommes élégants et de jeunes femmes presque nues, quelques vieillards, des musiciens qui accordent leurs instruments. Partout, des domestiques blêmes dont luisent les lèvres fardées de rouge. Leurs gestes sont lents. Ils se déplacent avec précision selon des parcours qui semblent réglés par un invisible maître de ballet. Leurs plateaux chargés de boissons, de masques, de rubans, de poudre, circulent parmi les invités qui y prélèvent ce qui les tente. Près d'une haute fenêtre, un homme déguisé en cardinal, à moins qu'il ne s'agisse d'un vrai cardinal, n'en finit pas de bénir l'assistance d'un geste professionnel et souple.

On me présente enfin à celui qui doit être le maître de maison. Noble visage d'aristocrate décharné. Denture de loup. Peau d'ivoire jaunie et tavelée de taches brunes. Il garde longuement ma main dans la sienne. Tout en lui me glace. Un marbre. Un avant-goût du trépas. Il m'observe avec un dédain qui, aussitôt, se transforme en lassitude. Il hésite, plisse son front, envisage une volte-face, soupire, puis me prend affectueusement par le bras et me parle dans un français mélodieux. À travers cette voix, me parviennent quelques siècles de sonorités féodales tandis que son haleine lourde me tient à distance. Le marquis d'Ursiglio, puisque c'est lui, était, m'apprend-il, très proche du défunt mari de Blanche : « Un homme admirable, le seul ami de ma jeunesse… Un esprit supérieur, un prince du plaisir… Je lui dois le meilleur de ce qui a embelli mon séjour terrestre… L'homme le plus civilisé que j'ai jamais rencontré… Si vous saviez comme j'ai hâte de le retrouver en enfer… » Puis, lâchant ma main : « Je suis ravi de faire votre connaissance… Appelez-moi Urbano je vous prie… Soyez le bienvenu chez moi… »

Les égards qu'il me témoigne doivent impressionner les autres invités qui se pressent et m'observent avec envie. « Blanche n'est pas arrivée ? » Je n'ai rien trouvé d'autre à dire – mais que pourrais-je lui demander d'autre ? Je ne sais pas ce que je fais ici, ni ce qui va s'y passer. Ma question amuse le marquis dont le rire d'ogre résonne soudain sous le haut plafond : « Vous ignorez peut-être que, moi, j'attends Blanche depuis vingt ans ! » et il m'abandonne, se dirige vers les musiciens, leur murmure quelques instructions. Les musiciens s'inclinent, se rassemblent, lancent quelques notes grinçantes et vrillées. Un invité très livide, presque albinos, dont la pâleur est rehaussée par un maquillage plâtreux qui s'écaille au front et à l'entour des narines, m'a repéré dès mon arrivée. Il tourne autour de moi comme un hanneton blanchâtre. Il veut me témoigner sa sympathie. Me confie en français, avec des petits gloussements, que le marquis adore la musique, qu'il en compose à l'occasion, des menuets le plus souvent, qu'il n'est pas sorti de son palais depuis la mort de sa mère la marquise d'Ursiglio, trente ans plus tôt. L'albinos est très informé. La marquise était une vieille folle perverse et fasciste, me confie-t-il. Son amant, le père du marquis, avait failli être pape. Après cette liaison scandaleuse, elle n'a fait que deux choses dans ce qui lui restait de vie : des parties de dominos avec ses confesseurs et des séances de table tournante pour bavarder avec Mussolini qu'elle adorait… Il me signale au passage que le portrait de la marquise trône en face de moi au-dessus d'une grande cheminée devant laquelle on a disposé des divans, des plateaux de fruits et des fourrures : « Comme ça, elle continue de voir tout ce qui se passe… Et elle aimait ça, croyez-moi ! »

Tout le monde chuchote. Smokings. Quelques fracs. Morgue. Silhouettes cambrées. Narines aux aguets, prunelles cupides et mains jointes dans le dos, certains hommes semblent figés. D'autres, sans doute plus éminents, pérorent devant des petits groupes qui écoutent. Plusieurs femmes clignotent sous leurs boas en plumes d'autruche et leurs carapaces de bijoux clinquants que l'on croirait incrustés sur leur peau. On bavarde. On boit. On fume. Une inconnue gracieuse et désarticulée, déjà ivre, me tend en riant la coupe qui porte encore la trace de son rouge à lèvres. « Buvez ! Buvez ! c'est un philtre, le philtre d'Ursiglio… Un philtre d'amour… Quelques gorgées et vous serez dans un monde meilleur… », murmure le hanneton albinos qui ne me quitte pas. Il me sourit d'un air entendu. Ses dents sont plus jaunes que la peau du marquis. Je pense aux yeux jaunes de Zita. Au ciel jaune du dîner-citronnier.

L'orchestre s'embarque *staccato* vers un air pimpant de Rossini. Pourquoi, en effet, ne pas boire ? Pourquoi ne pas jouer le jeu ? Je tends mes lèvres, avidement, mais une autre fille, aussi gracieuse et désarticulée que la première, s'interpose, se saisit de la coupe qu'on me tendait, en verse le contenu dans sa bouche écarlate. Le philtre coule sur sa gorge qui palpite comme un cœur mis à nu. Il coule comme mon champagne de Ferragosto sur le genou de Blanche. La fille me regarde avec l'humilité d'une captive : « J'avais besoin d'avaler quelque chose, là, tout de suite... Parce que si tu bois, tu comprends tout, et c'est mieux... » Aussitôt, elle se reprend et me fixe de ses yeux fébriles : « Je ne te connais pas toi... Tu es nouveau ? Tu veux qu'on soit amis ? » Ma réponse ne l'intéresse pas. Déjà, elle s'éloigne en répétant « si tu bois, c'est mieux... C'est mieux... »

Où est Blanche ? Pourquoi dois-je l'attendre ici ? Pourquoi m'a-t-elle demandé de plonger sans elle dans cet aquarium ? Est-ce une épreuve ? Une expérience ? Je dois être vigilant, surveiller chaque réflexe... Je sens qu'il va se passer quelque chose et que ce quelque chose va jaillir entre le marquis, le portrait de sa mère, le hanneton albinos, le cardinal, les tables tournantes, la fille dont la gorge palpite. Jusque-là, je m'étais tenu à l'écart du genre de manège qui s'annonce et qui, si je comprends bien, va bientôt basculer vers une empoignade sexuelle plus ou moins raffinée. Est-ce bien à cette sorte de rendez-vous que Blanche m'a convoqué ? Je suis surpris. Brièvement. Mais tout est possible. Je l'ai toujours su. Tout. Il faut se tenir prêt. Être à la hauteur. Jamais surpris.

Enfin, Blanche arrive. Cette fois, Zita ne l'escorte pas. C'est la première fois que je vois Blanche sans sa servante. Elle rayonne. Une tache de lumière. Elle porte des gants couleur chair. Sa robe de conte de fées lui donne une allure d'orchidée. Ce soir, je le sens, elle veut que sa beauté écrase le reste de l'humanité. Elle veut terrifier et éblouir. Elle veut apparaître. Elle veut être, en même temps, un démon et une sainte de vitrail. Une lueur d'arrogance brille au fond de ses prunelles – qui me font penser aux photophores sur lesquels, en été, les lucioles viennent grésiller et mourir. « Que fais-tu là ? » me demande-t-elle. Mais enfin, Blanche, c'est vous qui… Cette lettre… « Je sais, je sais… Mais c'est si étrange, pour moi, de te retrouver ici… Si étrange… » Et elle éclate de rire. Un rire de nerfs. Non, non, je ne vais pas renverser mon verre. Ni m'affoler. Pas la peine. Elle m'a déjà remarqué. Elle se souvient de moi. Et ne sommes-nous pas des intimes maintenant ? *Adesso siamo amici intimi*. Elle prend ma main. Y dépose un baiser. Son premier baiser. Elle a même un peu léché mes doigts, ce qui me trouble infiniment, puis elle m'entraîne vers une galerie dont l'accès est défendu par un Hercule et une Vénus d'albâtre. « Viens, suis-moi… » Ses lèvres effleurent mon visage. Je brûle de la prendre dans mes bras et de l'emmener loin d'ici, à la Fontelina, ou sur ma terrasse du Grand Hôtel, à côté du lézard bleu et des pierres chaudes. Mais je sens qu'elle appartient d'abord à cette nuit, à ce palais, à cette ambiance vénéneuse.

D'autant que le marquis se précipite : « Bianca ! Ma chère Bianca… Ma chérie… Amore ! » Il roucoule. Un vieux pigeon chenu, déjà pourri. Blanche lui tend sa main gantée, il s'en saisit, y presse ses lèvres. « *La prima volta che ti ho incontrata non portavi guanti* »… « Je ne suis pas revenue ici depuis si longtemps », lui répond-elle, visiblement émue. « Depuis vingt ans, précise-t-il. Tu es la même… Et moi, maintenant, je suis un vieillard… Ah, Bianca ! Bianca ! Bianca de Capri, *Bianca dell' amore e della luna !* » Pourquoi « Blanche de la lune » ? Le marquis, soudain, se fait plus solennel. Lève son verre : « Je bois à la mémoire de ton mari et de ses yeux tristes. » Et, il répète, mélancolique, « Blanches étaient les roses… Blanches étaient nos nuits… » Est-ce une chanson ? Une allusion ? Un mot de passe ? Un poème d'Aragon ? Ça serait bien dans son style troubadour… Des nostalgies, des rimes de mirliton, des émotions sonores, pourquoi ai-je tant de goût pour ce poète qui, lui aussi, sculpte de la pâte d'amandes ? Cette ritournelle s'installe dans ma tête, va, vient, revient. Une scie. Blanche est volubile. Volubilissime. Tendue. Sa poitrine tremble. Elle parle trop fort. Brille d'un éclat sombre que je ne lui ai jamais vu. « Je suis heureuse de te retrouver, Urbano. » Le marquis jubile. Transpire. Éponge sa nuque. Frappe dans ses mains. Déclare en français (« en l'honneur de Blanche ») : « Mes chers amis, je vous souhaite une belle soirée », et va s'installer devant la cheminée, sous le visage sévère de la marquise Madame sa mère. Deux ou trois autres invités le rejoignent, ainsi que le cardinal bénisseur. Ils prennent place sur des fauteuils hiératiques. Se congratulent. S'agitent avec le bruit sourd de squelettes en mouvement.

Autour de moi, les choses se précisent. Le cardinal multiplie frénétiquement ses bénédictions. L'albinos a trouvé un encensoir qu'il fait tournoyer comme une fronde. On entre alors dans le vif du spectacle : deux, puis trois femmes ôtent lascivement les rares vêtements qui les recouvraient et dansent presque nues. Elles sont belles. Se caressent. Se laissent caresser. L'une a empoigné les seins de l'autre et les suce voracement, puis elle remue ses fesses devant l'albinos. Blanche l'observe avec indulgence. Blanche aime-t-elle les femmes ? Je me suis souvent posé la question. Je n'y ai jamais vraiment répondu. J'aurais pu le lui demander, mais j'imagine sa réponse : « Mais bien sûr, j'aime les femmes… j'aime toutes les créatures qui me donnent envie de les aimer… » Qu'aura-t-elle de mieux à me proposer ? N'était-ce pas l'expression qu'elle avait utilisée ? Aurai-je la réponse ce soir ? Est-ce que ce soir est la réponse ? Un homme, plutôt séduisant, se tient près d'elle depuis un moment. Il tourne autour de nous, inspecte son dos, pose ses mains sur ses épaules nues, tente de l'embrasser dans le cou. Blanche l'éconduit, mais à peine, son refus est assorti d'un sourire aimable, comme si elle lui pardonnait son geste inconvenant. Les choses, maintenant, s'accélèrent. Oui, je comprends. J'ai déjà vu ce genre de soirée au cinéma. Mais pour moi, c'est nouveau car jamais jusque-là, non jamais, je ne m'y étais risqué … Curieux, tout de même, après tous mes libertinages, mais c'est ainsi… Blanche me supplie à travers ses yeux incandescents… Que veut-elle de moi ? Comment dois-je me conduire ? « Il faut que je te parle, me dit-elle, aide-moi à te parler, aide-moi… Ce que j'ai à te dire est si délicat… Moi-même, je ne suis pas certaine de comprendre… Oui, aide-moi, s'il te plaît… » Elle s'agrippe toujours à mon bras. Ses ongles s'enfoncent dans ma chair. C'est douloureux. Pas désagréable. J'aimerais qu'elle me déchire un peu. « Mais, Blanche, qu'attendez-vous ? Que voulez-vous ? Que dois-je faire ? Parlez, je vous en prie, je ferai tout ce qui vous plaira, je suis là pour vous, pour vous seule. » Nous sommes dans la pénombre de la galerie sous le regard mort d'Hercule. De loin, me parvient encore un « blanches étaient les roses… »

Un couple s'embrasse près de nous et pousse la porte d'une chambre. Avant d'y pénétrer, la femme tend son bras vers Blanche, peut-être également vers moi, et esquisse un geste qui signifie manifestement « veux-tu venir ? Voulez-vous venir ? Veux-tu nous suivre dans cette chambre ? » Blanche s'approche, lui caresse les cheveux, se penche, lui donne un baiser, un baiser de pleine bouche, ardent. Elle y prend du plaisir, je le vois, je le sais, j'ai vu ses yeux clos, sa bouche active, sa langue tournoyant autour de la langue de l'inconnue… « Je dois t'expliquer, me répète-t-elle en revenant vers moi, je dois t'expliquer maintenant… » Oui, oui, explique-moi, Blanche, je devine ce que tu vas me dire… Elle m'entraîne vers une alcôve, mes pensées se bousculent, je les écoute, elles parlent à Blanche que je voudrais rassurer : « N'aie pas peur, Blanche, n'aie pas peur… Tu aimes ce genre de soirée, tu y trouves ton plaisir, ça ne me choque pas, personne n'a le droit de t'en priver… Est-ce bien cela que tu veux me dire ? Mais pourquoi m'avoir fait venir ? Est-ce ma place ? Tu aurais pu jouer comme tu le veux et te passer de moi, non ? À moins que tu ne veuilles faire de moi ton amant... » Ai-je vraiment prononcé ces mots ? L'ai-je soudain tutoyée ? Comment savoir ? Et Blanche m'explique enfin : « Un soir, il y a longtemps, il y a presque vingt ans, mon mari m'a conduite ici, chez son ami Urbano... J'étais très jeune, je l'avais épousé à Naples le matin même, secrètement, dans une petite chapelle de la basilique Santa Chiara, je le connaissais à peine, je découvrais un mari merveilleux, délicat, prévenant... On m'avait priée de l'aimer, il me libérait d'un père indécent, donc je l'aimais... J'ignorais tout de ses habitudes, de ses goûts, car c'est mon père qui avait tout organisé sans me consulter. Et ce soir-là, crois-moi, j'ai vite compris, comme toi à cet instant... » Je la sens malheureuse et heureuse à la fois. Et impatiente. Et intense. Où tout cela peut-il nous mener ? « ... Le soir même de notre mariage, cet homme m'a conduite ici. Il ne m'avait jamais touchée... » Et, sur un ton parfaitement naturel, comme si tout était normal, absolument normal : « Il avait envie, vois-tu, que je fasse l'amour, devant lui, avec d'autres hommes, avec ses amis, et c'est ce qui s'est passé... Il voulait que je me laisse prendre par les hommes qui se bousculaient autour de moi, qui me proposaient leurs désirs, leurs gestes obscènes, qui m'entraînaient dans l'une des chambres qui donnent sur ce couloir, puis devant la cheminée dans la grande salle où nous étions... Mon mari bien-aimé me le demandait... J'étais heureuse de lui obéir, je n'avais aucune expérience de ces choses-là à part les quelques caresses que mon père me prodiguait en me donnant l'ordre de n'en parler à personne. Je me suis laissé faire, ça ne me déplaisait pas, ce mari inconnu était séduisant, je jouissais intensément, j'avais l'impression que ma vie avec lui serait amusante… » Elle a le souffle court. Elle s'affole. Ses yeux me cherchent. « Et pendant qu'on me baisait, mon mari regardait, il tenait ma main, ne me lâchait pas des yeux… je chavirais… il me regardait encore et encore et j'ai aimé son regard, je l'ai adoré, et quand j'ai joui encore, très intensément, sans lâcher ses yeux ni sa main, j'ai su que je jouissais de lui, de sa façon de me regarder… Je t'assure, ce qui a compté pour moi, ce soir-là, c'est que… pendant… Enfin, pendant qu'un homme, puis un autre, même Urbano je crois, me baisaient sous ses yeux, il me tenait si fort la main, me regardait si tendrement, si précisément, qu'il me possédait par son regard, et j'ai compris que je faisais l'amour avec lui et pas avec ceux qui me baisaient et qui se remuaient dans moi… »

Je l'écoute. J'ai, à mon tour, l'impression d'entendre ses mots avant qu'elle ne les prononce… Je me souviens de notre première conversation sur le chemin de la Villa Jovis : « Les hommes trouvent toujours de nouvelles façons de se mortifier… Ou de se faire jouir »… « Ce soir-là, reprend-elle, j'ai découvert cette sorte de plaisir, et j'ai aimé ce plaisir, et j'ai aimé faire l'amour avec celui qui me regarde plus encore qu'avec celui qui me prend… Tu comprends ? » Je réponds : « Je veux comprendre… J'imagine… Chacun a le droit de… »

Blanche met sa main sur ma bouche. Je dois me taire. « J'ai envie, me dit-elle, oui j'ai envie de revivre ça avec toi… J'en ai eu envie tout de suite, quand tu as renversé ton champagne sur mes jambes, quand tu as eu l'air si malheureux… Tu veux bien me regarder, dis-moi, tu veux bien ? Tu acceptes que je tienne ta main ? Que mes yeux ne quittent pas les tiens pendant… Je te le demande, s'il te plaît… » Blanche tremble. Les mots qu'elle prononce lui brûlent la gorge et le visage. Et elle a pris ma main. M'a guidé. Je me suis laissé faire. Excitation. Écœurement. Avec l'envie de rire aussi. Tout cela me paraît mélodramatique, trop intense, un spectacle de genre. Encore du *kitsch*. Cette fois, un *kitsch* très sexuel et voué à des inconvenances ritualisées. Je me sens impliqué et détaché à la fois parmi des hommes et des femmes qui ne savent plus jusqu'où ils pourront suivre leurs désirs. J'obéis à mon corps. Il me précède. J'aimerais trouver les mots pour dire ce que je vois. Mais les mots se dérobent. Leur électricité obscène, finalement, est inapte à dire ces corps luisants, furieux, bruyants. Ces coups de reins. Ces morceaux d'êtres humains qui s'emboîtent. Ces humeurs. Ces odeurs. Je ne déteste pas, pourtant, ces instants où l'humanité n'est qu'animale. Où l'espèce se rassure avec des fluides et des râles.

Dans ma tête, soudain, passe un oiseau immense et noir. Il vient, je le devine aussitôt, du tréfonds, de l'obscur absolu, de l'indicible. Je le laisse passer. Accomplir les grands cercles de son vol. J'entends son battement d'ailes noires. Je vois distinctement son bec et son œil. Nos désirs sont des oiseaux immenses et noirs. Nul ne sait pourquoi ils surgissent, exigent et passent.

L'homme qui avait voulu embrasser le cou de Blanche est là, il a compris qu'elle revient maintenant vers lui, il l'enlace, il la pousse contre une tenture, ne se soucie pas de ma présence, elle se dégage, s'allonge sur une banquette, soulève sa robe de conte de fées, se laisse faire. Ses yeux me demandent d'être là. De me mettre à genoux. Près de son visage. Je la regarde, je la regarde, je la regarde. Une douleur vive me transperce, je la sens, mais je ne souffre pas vraiment. Le plaisir est là aussi, et c'est un plaisir opaque. C'est le plaisir d'un autre qui est seulement un peu moi. La jalousie tente de m'envahir. Je la laisse faire. Je lui permets de me ravager, bien que je me sente intact. Je suis surpris, soulevé, emporté, submergé par quelque chose qui me répugne et qui me plaît. Je viens de comprendre que, face à Blanche, nous sommes deux : il y a moi, qui voudrais ne pas m'attacher à cette femme vicieuse, qui sais que rien n'est possible avec une créature à ce point possédée par sa volonté de plaisir, qui aimerais tant fuir loin de sa débauche ; et il y a l'autre moi qui s'y attache quand même, qui ne songe pas à fuir, qui croit que l'amour promis par une telle femme est un amour définitivement plus noble. Qui l'emportera ? Et quel moi pourrait survivre à la victoire de l'ennemi qu'il peut être pour lui-même ? Je vois Blanche se faire prendre par le premier homme. Puis par un autre. Puis une femme s'en mêle, qui se frotte contre elle, lèche ses oreilles, son ventre, ses doigts. Une femme plus tendre que les hommes, semble-t-il, avec des gestes gracieux. Blanche ne lâche pas ma main. Elle me regarde. Ah, ce regard ! Celui de *La Femme damnée*. Je n'ai jamais rien vu de plus perdu, de plus émouvant, que son regard à cet instant. Et elle ne me lâche pas. Et elle me regarde. Et j'ai envie de la sentir chavirer. Son plaisir finit par devenir le mien. Tout cela est très intéressant. Plus tard, elle demandera à la femme tendre de s'occuper de moi, ce que celle-ci fera aussitôt. Je me laisse guider. Elle est experte. Blanche la surveille. Lui donne des conseils. Me regarde à son tour. Tient ma main. Je n'oublierai jamais. C'est assez beau. Très impur. Une porte lumineuse ouverte sur des ténèbres. « Blanches étaient les roses, blanches étaient nos nuits… »

– 29 –

Nous avions quitté le palais d'Ursiglio à l'heure où le soleil caressait déjà les façades de la Via Toledo. Une voiture attendait Blanche, qui nous déposa à l'Excelsior où une chambre avait été réservée au nom de Mme de N… Zita se tenait sur le seuil de l'hôtel, sombre et hiératique comme une vestale. Elle s'était précipitée au-devant de sa maîtresse, qui l'avait aussitôt congédiée d'un geste presque hostile. Avant de s'achever, ce même geste m'avait signifié que, moi, je devais rester, ce qui avait jeté des larmes de colère – ou de simple chagrin ? – dans les yeux jaunes de la servante. Une fois dans la chambre, Blanche m'avait prié de lui faire couler un bain brûlant et de l'aider à ôter sa robe-orchidée.

« Je regrette de ne pas avoir mes bracelets, m'avait-elle dit en souriant… Nous aurions pu rejouer la scène des menottes… »

Puis elle avait achevé de se dévêtir, jusqu'à être entièrement nue devant moi. Sa nudité pâle et hagarde, à cet instant, ne signifiait rien. Blanche ne songeait ni à s'offrir, ni même à me tenter. Elle exhibait, sans fierté, son corps désemparé, magnifique, mais soudain prié de n'être que lui-même. De la chair, des ombres, une peau éteinte. Ses yeux ne regardaient plus. Seuls de rares soupirs l'animaient encore. Elle ressemblait à une statue vivante et emprisonnée dans son marbre.

Elle s'était glissée dans l'eau brûlante.

« Lave-moi, s'il te plaît… Je suis sale… Si sale… »

Elle avait prononcé ces paroles sur le ton neutre, presque innocent, d'une guerrière qui, après la bataille, dépose ses armes et consent à une paix de quelques heures.

Je lui avais obéi.

Mes mains se souviennent mieux que moi des quelques minutes pendant lesquelles elles avaient caressé ces épaules, ce ventre, ces coudes, cette gorge. Elles avaient couru sur ces hanches lasses. Sur le visage vide qu'elle me tendait.

« Lave-moi, lave-moi encore… Enlève-moi cette sueur, ces odeurs… Tu es mon ami, n'est-ce pas ?

— Oui, Blanche, je suis votre ami.

— Je te dégoûte ?

— Je ne crois pas.

— Moi, je me dégoûte… Mais n'est-ce pas étrange, cette façon qu'a la souillure d'être à la fois désirable et répugnante ? Même pour celui qui a eu envie de s'y perdre… »

Elle me parlait avec la voix d'une morte que je devais ramener à la vie.

« Tu veux savoir pourquoi je suis triste ? » m'avait-elle encore demandé.

Et, sans attendre ma réponse :

« … parce que je sais que je vais te perdre… Personne ne peut s'attacher durablement à une femme comme moi… Et puisque je vais te perdre, je te quitterai avant, et cela me rend triste. »

Je n'avais pas envie de parler. D'ailleurs, qu'aurais-je pu dire ? Blanche avait raison.

Elle le savait.

Je le savais.

Ma passion, comme un diable blessé, tournoyait au-dessus de moi. Elle allait et venait. S'éloignait. Se rapprochait. Se perdait dans des sentiments plus purs. Peut-être, ne reviendrait-elle plus. Peut-être reprenait-elle des forces pour, au contraire, me subjuguer à nouveau. Ce corps, que j'avais tant imaginé, se détachait lentement de toutes les fantasmagories que j'y avais accrochées. Ces jambes interminables, ces clavicules-haubans, ce cou gracieux, ne m'arrachaient plus le cœur. Mon désir lui-même, mon pauvre désir, s'était retiré comme une mer longtemps démontée qui s'apaise soudain et disperse ses furies. Je sentais bien, pourtant, que leurs tempêtes ne s'étaient assoupies qu'un instant. Et qu'un rien pouvait, soudain, les relancer avec une violence décuplée.

Blanche s'était enveloppée dans un drap de bain. Elle m'avait réclamé des gestes sages. Puis elle s'était allongée, souhaitant seulement que je caresse son front.

Elle allait bientôt s'endormir. C'était un joli moment, tout envahi de sérénité et de pardon. J'acceptais la personne qu'elle avait choisi de devenir. Elle acceptait mon amour.

Je l'avais longuement contemplée. Je sentais son souffle. J'avais rapproché mon visage. Quand ma bouche fut presque sur la sienne, elle ouvrit les yeux, en soupirant : « Non, je t'en prie, non… » Et elle fut secouée d'un bref sanglot affolé.

J'ignore ce qui advint par la suite.

Je sais seulement qu'un demi-sommeil m'avait emporté ailleurs, très loin, vers des paysages lumineux et terrifiants. Et que j'y avais côtoyé des monstres, des fleurs, des lézards, des musiciens, des lèvres rouges, des visages plâtreux.

Quelques heures plus tard – m'étais-je endormi ? – un rayon de lumière oblique traversait la chambre.

Des millions de grains de poussière y dansaient avec leur frénésie minuscule et inutile.

Dans l'air, encore, le parfum de Blanche.

Elle était partie sans faire de bruit.

Dehors, le soleil de midi.

– 30 –

« *… et c'est cette nuit-là, à Naples, que tu as enfin compris ce qui plaisait à Blanche…*

— Je commençais à comprendre, oui… Mais déjà, d'autres Blanche, en grand nombre, m'attendaient. Cette femme était tant de femmes…

— *Tu aurais pu refuser de la suivre dans ce palais de la Via Toledo. Or, tu as accepté et tu es resté. Cela te plaisait ?*

— Une seconde avant de la suivre, comme vous dites, j'aurais juré que son genre de perversité, dont j'avais le pressentiment, ne m'intéressait pas vraiment. Et, en constatant que je ne m'enfuyais pas, j'ai eu l'impression que je devenais, pour moi-même, un inconnu.

— *En es-tu bien sûr ?*

— Enfin, je ne voulais pas le savoir… La plupart des humains sont secrètement tentés par ces moments d'abaissement, mais rares sont ceux qui l'avouent, les assument, sautent dans le vide…

— *Ce matin-là, dans la chambre de l'Excelsior, que restait-il de ton grand amour ?*

— Tout… Ou pas grand-chose… Je ne saurais dire… L'amour fou avait laissé la place au seul désir qui, à son tour, se perdait… Et pourtant, l'inverse de ce que je vous dis est aussi vrai… Enfin, “qui n'a jamais été déçu ne sait rien du véritable amour…”

— *Encore ton Aragon ! Tu abuses de notre patience…*

— Est-ce ma faute s'il a un vers pour chaque état d'esprit et, même, pour chaque période de l'amour. Ce poète était un grand malin : il avait ouvert sa boutique sur le boulevard des sentiments, là où tout le monde est bien obligé de passer.

— *Soit… Mais, plus sérieusement, Blanche t'avait pourtant prévenu : il n'y aurait rien de banalement sexuel entre vous…*

— Ce genre de choses aurait pu évoluer. Il aurait suffi d'une nuit spéciale, d'un orage, d'une effronterie… N'importe quel homme a, à son actif, un certain nombre de femmes qui ont commencé par dire que jamais, au grand jamais… Cela dit, j'aurais peut-être dû me montrer plus entreprenant…

— *Penses-tu que Blanche savait mieux que toi, et avant toi, que tu accepterais de jouer le jeu ?*

— Il y a des êtres qui ont ce pouvoir : ils vous percent à jour, tout de suite, et ils vous attendent là où vous finissez par arriver… Ils vous recrutent, vous jettent dans leurs arrangements, dans leurs vices, ils se servent de vous alors que vous ne savez même pas que la bataille a commencé… À mon avis, elle a vu ça tout de suite, le soir de Ferragosto…

— *Et que s'est-il passé après la nuit de Naples ?*

— Après, et puisque j'avais accepté de jouer le jeu, Blanche a estimé que je pourrais être le complice intelligent de ses plaisirs. À partir de l'automne, elle a voulu organiser plusieurs soirées de ce genre, chez elle, à Paris…

— *Tu tiens à en parler tout de suite ?*

— Vous avez raison : chaque chose en son temps…

— *Quel était ton état d'esprit, le lendemain, quand tu es revenu à Capri ?*

— Tout était bizarre… Fulvio était revenu me chercher. Il n'avait pas posé de questions. Il avait l'air de savoir d'où je venais et ce que j'y avais fait. D'ailleurs, il me regardait avec un sourire mauvais qui en disait long. En arrivant dans ma chambre du Grand Hôtel, j'étais épuisé, mais je n'ai pu m'endormir que le lendemain matin. Et là, j'ai fait un rêve terrible…

— *Un rêve ?*

— Oui, un rêve bref et suffocant… Inoubliable…

— *Bon, raconte-nous ta petite histoire ! Tout le monde se croit intéressant en détaillant ses rêves… Et nous n'avons aucune raison de te refuser ce modeste plaisir…*

— Au plus profond de mon sommeil, je me suis retrouvé devant un juge, un vrai juge… Quelque chose de solennel… Une sorte de juge pour Jugement dernier…

— *Sans doute un usurpateur ! Cela arrive assez souvent…*

— Et ce juge m'annonce que "l'heure est venue"… On va me juger, bien sûr, mais on veut me faire une faveur : je serai jugé sur une seule journée de ma vie, pas davantage…

— *C'est un système original ! Nous pourrions nous en inspirer…*

— … et cette unique journée, on me demandait de la choisir… Immédiatement ! On me laissait quelques secondes pour passer en revue toutes les journées de ma vie, et pour choisir celle qui me montrerait sous mon jour le plus vertueux, le plus exemplaire… Évidemment, j'hésite… Et j'hésitais encore quand on m'a signifié que mon délai de réflexion était expiré et que, cette journée, on la choisirait pour moi.

— *Ah, ah, ah, quel humour ! Quelle habileté ! Nous aimerions beaucoup entrer en contact avec des juges de cette trempe !*

— … alors, ils m'ont dit : "Écoutez, nous n'avons pas le temps, nous non plus, de revisiter toutes les journées de votre vie… Nous prendrons donc la dernière… J'espère que vous vous y êtes bien conduit…"

— *En effet, une sacrée malchance…*

— Vous vous rendez compte ? J'étais affolé, j'essayais de les dissuader, je n'y parvenais pas. J'allais être jugé sur ma journée et sur ma nuit la plus vicieuse… Je hurlais, je criais, je me suis réveillé moi-même…

— *Tu mets dans tes rêves toute la haute morale que tu ne mets plus dans ta vie…*

— Peut-être pourriez-vous… Entre juges… Enfin, vous voyez bien que c'est injuste…

— *Impossible, pour nous, d'intervenir dans des rêves…*

— Mais on dit que vous avez, en fin de compte, tous les pouvoirs…

— *Exact… Mais les rêves sont la seule zone de l'être humain qui échappe à notre juridiction.* »

– 31 –

Après notre nuit de Naples, Blanche avait donc organisé quelques soirées spéciales dans sa maison de la Villa Montmorency. S'y retrouvaient, dans une ambiance élégante, des hommes et des femmes recrutés selon des critères énigmatiques et connus de la seule maîtresse des lieux – qui consacrait beaucoup de son temps et de sa fantaisie à la préparation de ces *cérémonies*, puisque tel était le mot qu'elle employait.

Les invités de Blanche, pour la plupart, ne se connaissaient pas. Ils arrivaient de Madrid, de Milan, de Genève. Certains avaient le droit de porter des masques à condition que ceux-ci fussent soyeux et que leurs lèvres puissent demeurer libres de leurs mouvements, de leurs gémissements, de leurs baisers. D'autres, plus rares, se montraient à visage découvert avec l'arrogance de qui veut afficher son esprit libre. Quelques femmes, plus audacieuses, se contentaient de perruques ou de maquillages extrêmes qui transformaient leurs traits sans les priver pour autant du frisson d'être identifiées.

Il était convenu que chacun se devait d'être bienveillant, attirant, dépourvu de préjugés.

Ce genre de soirées n'avait d'autre ambition, selon Blanche, que d'offrir à ses participants des moments de légèreté qui ne trouvaient pas leur place dans la vie ordinaire. C'était un théâtre parfait, propice aux émotions brèves et aux rencontres sans lendemain. Chaque sens pouvait y rencontrer sa satisfaction et s'en emparer sans crainte ni honte. Il était même possible, pendant quelques heures, d'y ressusciter la liberté d'avant la Chute, de la mettre au service des deux sexes, et d'en profiter clandestinement sans que personne trouve à y redire. Quelques alcôves disposées çà et là, ainsi que des chambres situées à l'étage, autorisaient des étreintes plus avancées. Ce rêve éveillé durait jusqu'à l'aube.

En général, Blanche repérait ses invités dans les meilleures sociétés. Elle s'informait de leurs inclinations, s'arrangeait pour leur plaire, avant de les convoquer le jour venu et de sacrifier à des *folies* – tel était également son mot – auxquelles elle avait été initiée, d'après ce qu'elle m'en avait elle-même révélé au palais d'Ursiglio, dès la nuit de son mariage avec M. de N… En souvenir de cette nuit-là, Blanche n'hésitait jamais à célébrer les mérites de son époux défunt qui avait su discerner, avant elle, ses propres dons de débauchée. Et ces mérites étaient, à ses yeux, d'autant plus grands que M. de N… l'avait, dès son initiation, affranchie des principes et des chaînes qui auraient pu entraver son commerce avec l'immoralité. Après le décès de ce mentor, Mme de N… avait volé de ses propres ailes et perfectionné son libertinage. Avertie de toutes les combinaisons de désirs qu'offre la nature, et les ayant pratiquées pour la plupart, elle se désolait sans affectation qu'il en existât un si petit nombre et se tenait informée de tout (onguents, aliments, médications, sortilèges, lectures, accessoires…) ce qui était susceptible d'entretenir sa fougue.

Les invités de Blanche se présentaient à partir de minuit et mesuraient pleinement leur privilège. Ils avaient été instruits de la règle du jeu, s'y étaient préparés de longue date et savaient que Mme de N… avait veillé à ce qu'aucun scandale ne vînt ternir leurs amusements. À l'heure dite, sortant des limousines ou des taxis qui les avaient conduits, ils franchissaient les grilles du parc et s'avançaient vers les salons où Zita les guidait vers des buffets couverts de nourritures et de boissons stimulantes. La meilleure partie de la nuit pouvait alors commencer.

On se parlait peu, et dans des langues si diverses qu'il eût été vain de prétendre en savoir plus qu'il ne fallait sur celui ou celle qui s'abandonnait. L'essentiel des délectations qui s'offraient alors tenait à cet anonymat. Dans la pénombre qui s'installait dès que les premières bougies étaient consumées, nul ne savait vraiment à qui il s'adressait, ni avec qui il s'échauffait. Les uns cédaient à des invites qui, un instant plus tôt, ne les auraient guère tentés. D'autres semblaient se recueillir et prier. Il s'en dégageait une manière de mélodie animale à base de soupirs, de feulements, de souffles retenus ou psalmodiés. Toute personne n'ayant jamais pratiqué cette sorte de rituel ne saurait concevoir le merveilleux affolement de sens assorti de dégoût qu'il procure.

Blanche, en tout cas, s'amusait beaucoup. Sa perversité y trouvait son compte, autant que ses dons pour la mise en scène. Elle observait. Participait. Se plaçait à distance. Identifiait chacun. Repérait les tempéraments indélicats, généreux ou vulgaires. Parfois, longtemps après, il lui arrivait de se retrouver dans des dîners où elle était la seule à savoir que certains convives, qui croyaient se connaître à peine, avaient déjà, sous son regard, joui les uns des autres, voire d'elle-même, quelques semaines auparavant. Cette sensation de toute-puissance lui valait des embrasements d'où elle revenait à regret. Depuis que j'étais devenu son intime, elle me décrivait volontiers, de la façon la plus indécente, ce qu'elle avait alors éprouvé et son extase, déjà vieille de quelques heures ou jours, se renouvelait à la faveur des mots, avilissants et crus, qu'elle utilisait pour m'en détailler les effets.

L'impérieux désir de devenir l'amant de Blanche m'abandonnait à mesure. Je l'avais trop vue gémir, s'offrir et se tordre sous les assauts des hommes et des femmes qui la prenaient, pour avoir encore envie d'être l'un de ses partenaires indistincts. Je préférais demeurer son complice unique, son « complice de cérémonie » comme elle aimait à me désigner. J'aimais la regarder. Ou, plus exactement, j'étais fasciné par le spectacle délicieusement horrible qu'elle me proposait. Il me fallait tout de même avoir l'air de souffrir un peu par jalousie, afin de lui être agréable – puisque ma jalousie, affirmait-elle, augmentait son plaisir. Mais en quoi cela m'aurait-il gêné ? N'avais-je pas su, toujours, feindre et afficher des émotions qui n'étaient que rarement les miennes ?

– 32 –

Je savais désormais que Blanche avait parfois la passion de se perdre dans des plaisirs interdits.

Et qu'un démon, prenant tout pouvoir sur elle, l'égarait alors vers des *folies* qui la renseignaient sur sa nature désorientée.

Je découvrais aussi, chaque jour davantage, les nuances de l'érotisme dont elle se réclamait, et dont les effets, comme ceux d'une drogue, se faisaient de plus en plus brefs.

Elle avait appris, en retour, que je l'aimais assez pour accepter sa façon de m'appartenir en s'abandonnant à d'autres. Et que je ne m'étais prêté à ce jeu qu'afin de la posséder un peu – fût-ce au prix d'un vice qui, finalement, n'était même pas le mien.

Dès que ce démon la gouvernait, Blanche pouvait traverser l'Europe, s'offrir à des inconnus, oublier son nom, s'aventurer dans des lieux infâmes ou dangereux dont elle ne se libérait que lentement, triste et dégrisée, satisfaite seulement d'avoir été jusqu'au bout de ce que je percevais comme une damnation, mais qui l'aimantait, elle, comme l'horizon d'un absolu.

Ma présence, disait-elle, la rassurait. Elle savait que je l'empêcherais toujours de s'infliger des humiliations trop vives quand elle choisissait de s'abîmer dans la débauche comme d'autres choisissent d'en passer par l'espoir ou le baptême. Blanche voulait inlassablement renaître au-delà. Au prix d'un abaissement mis en scène, revendiqué, sans cesse rejoué.

Bientôt, sa frénésie m'effraya.

La passion qu'elle m'avait d'abord inspirée faiblissait. Je la voyais maintenant avec une lucidité plus implacable. Pour moi, c'était comme si elle sortait d'une brume. Comme si sa vraie nature, enfin, se précisait.

Sans doute en allait-il de même dans la perception qu'elle avait de moi.

Nous nous étions ainsi transformés, par nos arrière-pensées, en maîtres chanteurs l'un de l'autre. Nos immoralités symétriques nous enchaînaient fermement à la créature désemparée qu'ensemble nous formions.

– 33 –

Blanche n'avait pas tardé à devancer, d'instinct, chacune de mes tentations – sauf celle de la posséder.

Elle surveillait mes conquêtes et, souvent, c'était à elle que revenait le droit de repérer mes élues provisoires, de rectifier mes stratégies d'approche s'il en était besoin, d'organiser les hasards qui faciliteraient mes entreprises.

Il lui arrivait même d'aller plus loin dans sa complicité si le décor, la situation et la partenaire s'y prêtaient.

Pour ma part, je la devançais dès qu'il s'agissait de savoir si tel ou telle serait de nature à la tenter, à être digne d'une des soirées qu'elle organisait maintenant chez elle.

Notre lien se tissa de la sorte, au fil de ces quelques mois, jusqu'à devenir un entrelacs de sympathie, d'emballements, de dépravation – de méfiance aussi, comme cela arrive entre deux êtres qui se ressemblent trop.

Je devenais chaque jour davantage son confident, son garde du corps, son meilleur ami, son directeur de mauvaise conscience, le témoin de ses abandons, sans savoir lequel de ces mandats me rendait le plus précieux à ses yeux.

Nous ne savions, ni l'un ni l'autre, jusqu'où durerait cette alliance – mais elle durait. Et chacun de nous semblait y trouver son compte.

La fin de l'hiver et le début du printemps furent des périodes de folle légèreté. Blanche me téléphonait à n'importe quelle heure du jour ou de la nuit. Me priait de la rejoindre, selon ses projets, chez elle ou ailleurs en Europe. Me faisait aussitôt porter, dans ce cas, un billet d'avion qui me parvenait avec quelques mots affectueux, un choix de masques et un bouquet de fleurs. J'obéissais. Je me réjouissais de partager bientôt, en sa compagnie, dans un lieu inconnu, et affranchi de tout, des épisodes brûlants, répugnants, voluptueux, avec des partenaires qu'il nous était facile d'oublier dès le lendemain.

Je découvris, grâce à Blanche, qu'il existait une internationale de la débauche dont les protocoles dépassaient en complexité et en raffinement ceux des grandes chancelleries. Nous ne rencontrions jamais les mêmes personnes. Nous étions des voyageurs clandestins. Des espions acharnés à servir notre seul plaisir. Après quoi courions-nous ? À quelle sorte d'urgence, de panique, de féroce impatience, devions-nous d'être précipités vers des étreintes qui, par définition, ne comblaient jamais qu'une parcelle de ce que nous espérions ?

Nous étions parvenus, jour après jour, à dilater chaque grain du temps que nous partagions.

Nous ne faisions aucun projet. Nous ne parlions jamais de ce que nous avions vécu au fil de nos nuits agitées.

Nos vices existaient, puis s'évaporaient à la lumière du jour, et le passé n'avait jamais eu lieu.

Notre impureté n'était qu'un mauvais rêve.

– 34 –

Blanche avait l'habitude, à la fin de chaque automne, de passer quelques jours à Ravello en souvenir de M. de N… dont les cendres avaient été dispersées dans les jardins de la Villa Rufolo.

Malgré son ténébreux prétexte, ce pèlerinage l'exaltait. Elle s'y préparait moralement par de fréquentes périodes de jeûne, de méditation et d'abstinence sexuelle. C'était, affirmait-elle sur le ton émerveillé des dépravés qui se découvrent une vertu, un rendez-vous avec elle-même plus encore qu'avec le souvenir d'un époux défunt – qu'elle adorait, certes, mais à sa façon, comme on adore un ami perdu de vue dont on se trouverait bien encombré s'il se manifestait à nouveau.

D'où, à date fixe, cette séquence de fidélité que Blanche s'appliquait à mettre en scène. Elle en profitait également pour entrer, pendant quelques jours, en contact avec la personne qu'elle aurait pu être et dont elle tenait absolument à avoir une haute opinion.

Une fois à Ravello, elle s'installait dans un vieux palace désert en cette saison. Elle y avait été précédée par Zita qui, comme lors de la plupart des déplacements de sa maîtresse, avait veillé à ce que le décor impersonnel de sa suite fût embelli par les objets, la lingerie, les livres et les fleurs sans lesquels Blanche ne se déplaçait qu'à regret. Elle redevenait alors la très officielle Mme de N… Choisissait des toilettes accordées à l'affliction dont elle affichait tous les signes extérieurs. Se promenait avec retenue sur l'illustre terrasse qui avait inspiré à Wagner l'architecture et les couleurs de son *Parsifal*. Humait l'air local qui conservait peut-être quelques molécules du mari qu'elle avait si peu et si étrangement connu avant de le répandre avec respect sur des massifs de roses. Ce régime austère ne durait que quelques jours. Après quoi, purifiée, l'esprit tonifié, Blanche pouvait reprendre le cours de sa vie là où Mme de N… l'avait abandonné. Elle se sentait neuve. À nouveau avide de ses vices, de ses cérémonies, de ses plaisirs compliqués.

J'avais été surpris, et finalement ému, que Blanche me demande de l'accompagner dans ce pèlerinage.

« Il est temps, m'avait-elle dit, que tu fasses la connaissance de mon époux… Enfin, que tu le respires un peu… Sais-tu que vous auriez pu être des amis ? Il était doux, protecteur… Comme toi… Il voulait que je me souvienne de lui une fois par an. Oui, une seule fois… N'est-ce pas délicat d'exiger si peu ? Je connais des morts qui en réclament bien davantage. »

Elle m'avait assuré que M. de N… m'aurait, à coup sûr, beaucoup apprécié. N'avions-nous pas, selon elle, la même taille, la même allure, la même façon de nous habiller ?

« Surtout, avait-elle ajouté, vous avez les mêmes grands yeux tristes quand vous me regardez faire l'amour… Rien n'est plus excitant, pour moi, que vos yeux tristes à ce moment-là. Tu me regarderas toujours ainsi, n'est-ce pas ? »

Était-ce une prière ? Un ordre ?

Elle avait hésité, vu la circonstance, sur l'expression que son visage devait afficher – avant de retenir une nuance particulière de mélancolie qui contenait autant de chagrin que de jubilation.

Cette comparaison avec M. de N… m'avait déplu. Pourtant, il m'avait bien fallu admettre, comme on me l'avait déjà suggéré, que j'occupais la place d'un mort. Et que j'étais désormais l'un des éléments de décor dont Blanche avait besoin au cours de ses voyages. Partant, je m'en voulais d'avoir trop vite consenti à l'escorter dans ce pèlerinage. Mais, depuis que j'avais déserté mes ambassades, qu'avais-je de mieux à faire ? Je n'étais désormais qu'un accessoire de Blanche même si, afin de ménager un reste d'orgueil, je me persuadais sans peine que j'avais moi-même désiré ma soumission. N'existait-il pas, dans la Rome impériale, des citoyens si libres qu'on leur reconnaissait le droit de se vendre comme esclaves ?

– 35 –

Le lendemain de notre arrivée à Ravello, Blanche avait insisté pour rendre visite à M. de N… – qui, à l'en croire, « nous attendait » près des roseraies…

C'est là que nous avions aperçu, longeant la balustrade qui bordait les jardins de l'hôtel, une jeune fille qui méditait face à l'horizon. Son charme nous avait intrigués en même temps. Il nous avait fallu, aussitôt, en savoir davantage sur ce visage d'ange, sur cette silhouette venue d'un âge brumeux et plus ou moins gothique.

Nous nous étions rapprochés. Malgré nos efforts, la jeune fille ne remarqua pas notre présence. Elle semblait requise par des pensées qui dressaient de transparentes murailles autour de son visage virginal. Ses cheveux d'or flottaient autour d'un front d'héroïne. Ses yeux, deux abîmes translucides, transperçaient les choses, le temps, les êtres. Ils contemplaient en silence une réalité probablement supérieure à laquelle, de toute évidence, ni Blanche ni moi n'avions accès.

Mme de N… avait alors déployé toutes ses grandes manières pour engager la conversation.

Elle avait regardé la jeune fille avec bienveillance. Lui avait adressé quelques compliments. Pris des renseignements sur sa famille. Montré certaines fleurs qui ne poussent qu'à Ravello et dont le parfum peut empoisonner.

Elle l'invita enfin à partager une tasse de thé dans un salon de musique tout proche. Sur le chemin, elle prit sa main et prétendit y déchiffrer un avenir intéressant.

Se prénommait-elle Andrea ou Anna ?

Peut-être Cosima…

C'est sous ce dernier prénom que Blanche et moi avions décidé de la désigner entre nous dès que nous comprîmes que Wagner était son dieu jaloux.

Elle logeait dans l'hôtel où nous nous trouvions. Ce détail était de nature à faciliter des manœuvres que nous avions envisagées sur-le-champ et qui n'attendaient qu'un début d'exécution.

Cette jeune fille était, en effet, une mélomane assez fanatique. Elle aspirait au sublime et était venue à Ravello afin d'y pratiquer en solitaire sa religion wagnérienne. Chaque jour, elle s'aventurait sur les traces du génie ombrageux qui lui servait de guide, refaisait les parcours initiatiques qui l'avaient jadis inspiré, avant d'en revenir encore mieux illuminée. Elle déchiffrait des partitions dès son petit déjeuner, et se lançait volontiers dans la moindre conversation pour peu qu'il y fût question de divinités nordiques, de cimes, d'anneau sacré ou de cette *Tétralogie* qui lui tenait lieu d'évangile. Il devenait urgent, et divertissant, de lui enseigner ce que sa musique philosophique ne lui avait pas encore appris.

Bientôt, le jeu commença : qui, de Blanche ou de moi, parviendrait à ses fins avant l'autre ?

Très vite, je compris que Blanche l'emporterait.

Depuis quelque temps, au fil des étreintes dont elle m'avait rendu témoin, j'avais pu observer qu'elle manifestait de plus en plus de goût pour les femmes – et, plus particulièrement, pour les plus jeunes d'entre elles. En présence de cette espèce de partenaire éventuelle, c'est elle qui partait à l'assaut et gouvernait le ballet des séductions. Ce dispositif, au demeurant, ne me gênait en rien.

Le reste de notre séjour avait été digne d'une comédie italienne avec sa Colombine épiée par deux Arlequin. Nous nous étions arrangés pour rencontrer notre Anna-Andrea-Cosima plusieurs fois par jour, et par hasard. Nous avions feint de la consulter sur tel point obscur d'un livret du *Ring*, et il ne nous en avait pas fallu davantage pour persuader l'innocente de l'authenticité de notre wagnérisme (dont le vernis n'était pas encore sec) et de la sincérité des émotions naissantes que sa personne nous inspirait. En peu de temps, elle fut convaincue que le hasard venait de lui offrir une, puis deux nouvelles amitiés. Et ces dispositions, attisées par de puissantes instrumentations, se fortifièrent jusqu'à ce que des sentiments plus troubles y prennent leur part. D'abord dans le concert qui sonnait dans sa tête de jeune walkyrie. Et bientôt dans ses sens plus féminins.

Blanche avait alors, habilement, déclenché une ultime offensive en prétextant je ne sais quelle urgence. Et elle avait rusé, en pleine nuit, pour recevoir la visite de notre mélomane.

Alerté par le bruit de leur conversation qui m'était parvenue à travers la porte qui séparait nos chambres, je les avais rejointes. Et c'est ainsi que nous nous étions retrouvés tous trois sur le lit de Blanche.

La pauvre fille ne savait plus à quel transport se fier. Elle avait voulu interroger son maître, dont la photographie ornait un médaillon qui ne quittait jamais son cou, mais le Grand Homme ne lui répondit qu'à travers quelques aphorismes musicaux qui la décidèrent, cette même nuit, à s'abandonner, d'abord dans mes bras, et peu après dans ceux de Blanche.

Bien vite, on se passa de moi et personne ne remarqua mon départ quand, finalement, je décidai de rejoindre ma chambre. Avant de m'éloigner, j'observai tout de même le singulier entrelacs de corps de ces deux femmes, ainsi que les reptations de plus en plus intenses auxquelles elles se livraient. Chacune envahissait la chair de l'autre. Leurs bouches se dévoraient. Leurs mains, animées d'une électricité sensuelle, ne s'interdisaient aucune caresse, ni aucune audace. Il y avait, dans ce pugilat, autant de petits cris joyeux que de soupirs et de larmes excitées.

L'affaire (qui ne me concernait plus) recommença le lendemain. Et aurait pu se poursuivre si une pointe de lassitude, déjà, ne s'était emparée de Blanche – qui préféra mettre un terme à son idylle en offrant une bague à sa « petite fiancée wagnérienne ».

« Pourquoi lui offrez-vous une bague ? avais-je demandé.

— Parce que je ne fais que des cadeaux de rupture... »

Quelques jours plus tard, nous quittions Ravello avec la satisfaction de vainqueurs déjà oublieux.

Blanche avait apprécié notre triomphe commun.

Mais elle avait préféré, je crois, son étreinte plus personnelle.

Sur le chemin du retour vers Capri, Blanche avait tenu à me dire que, même quand elle jouait avec une femme, elle avait besoin que je la regarde, et que je ne lâche jamais sa main.

– 36 –

Parfois, en voyage, Blanche me demandait de lui faire la lecture. Je me servais alors de Casanova, d'Aragon, de Proust ou de Baudelaire, qu'elle vénérait spécialement, pour la divertir, l'inquiéter ou convoquer en elle les émotions dont elle avait besoin.

Un matin, ayant ouvert au hasard un exemplaire des *Fleurs du mal*, je lui avais lu le poème où figurait ce vers :

« Chaque jour vers l'enfer nous descendons d'un pas… »

Blanche avait été intriguée, presque contrariée, et m'avait interrompu avec la moue adorable d'une damnée qui, sans illusion, sollicite encore un peu de clémence :

« Crois-tu que nous irons en enfer ?

— Mais non, chère Blanche, nous n'irons nulle part.

— Tu penses donc que nous ne le méritons pas ?

— Non, pas pour cette raison. Mais parce que l'enfer n'existe plus. Ce serait trop simple. Nous devrons donc apprendre à nous passer de lui…

— Ça ne sera pas facile. »

Elle savait que rien n'est plus désagréable que de se damner sans risque.

Tel était pourtant le sort qui nous attendait : notre enfer était aussi vide que notre ciel. Aucune damnation à l'horizon. Et, dans le même temps, aucun pardon.

Il fallait se débrouiller avec ça.

« D'après toi, reprit-elle, pourquoi Nancy tenait-elle tant à rendre hommage au diable avec ses soixante-six bracelets ?

— Parce que le diable est toujours une aubaine pour les natures dépravées… Il leur permet de croire qu'ils ne sont pas responsables des mauvaises actions qu'ils ne peuvent s'empêcher de commettre.

— Dans ces conditions, avait-elle conclu, j'aimerais croire que le diable existe… Tu veux bien ? Cela m'apaiserait… Et je pourrais mieux dormir. »

Je ne détestais pas cette façon de transformer le diable en somnifère.

Une autre fois, je lui avais lu, à dessein, l'épisode dit de « la Charpillon » dans les *Mémoires* de Casanova.

Elle avait été aussitôt curieuse de cette habile petite traînée qui s'offrait à tous mais se refusait au maître de toutes les séductions, déclenchant ainsi une ultime et folle passion dans le cœur d'un Casanova crépusculaire.

« Comment s'y prenait-elle, cette mauvaise fille ?

— Exactement comme vous avec moi, avais-je répondu sans réfléchir. Elle offre son corps à peu près à n'importe qui et, dans le même temps, elle repousse Giacomo.

— D'après toi, pourquoi agissait-elle ainsi ?

— C'est plutôt moi qui devrais vous le demander…

— Tu penses que je me conduis comme elle avec toi, n'est-ce pas ?

— Qu'en pensez-vous ?

— Ce n'est pas faux.

— Donc…

— Donc, je dois avoir envie, moi aussi, que tu deviennes amoureux de moi. D'un autre côté, amoureux tu l'étais dès le début. Un amour de pas grand-chose, mais tout de même… Pourquoi me serais-je donné du mal pour obtenir ce que j'avais déjà ?

— … quelque chose que vous aviez, que vous pourriez perdre, que vous avez peut-être déjà perdu…

— Je sais bien que tu essaies de me désaimer, mais ce n'est pas facile. Il y faut beaucoup de volonté, d'entraînement… Et il faut que l'autre, celui ou celle qui est encore aimé, y mette du sien. Moi, je ne t'aiderai jamais à m'aimer moins… »

Elle jouait à être coquette.

Je jouais à être maître de mes sentiments…

« Méfiez-vous tout de même, lui avais-je objecté. Dans un premier temps, c'est vrai, je vous ai adorée. L'amour et le désir se confondaient si intimement que je ne savais plus qui ordonnait à l'autre. Puis ces deux monstres se sont lentement séparés, chacun a vécu sa vie, et qui sait s'ils ne sont pas, tous deux, en train de s'évaporer…

— Tu cherches à me faire peur ?

— Je vous préviens, c'est tout…

— Tu ne me désires plus ?

— Pas plus, pas moins, qu'une autre femme qui serait aussi désirable que vous.

— Il me serait si facile de te prouver que tu as tort.

— Essayez, pour voir.

— Tu me provoques ?

— Non, j'observe, j'apprends… Vous m'aidez, chaque jour, à savoir qui je suis, ce que je sens, et même ce que je veux…

— Alors, ne changeons rien pour l'instant. »

– 37 –

Je n'ai conservé qu'un souvenir confus de la période qui s'ouvrait.

Il y avait eu des départs, des retours, des rencontres, des plaisirs négligeables, des insomnies, des lectures à voix haute, des pleines lunes, des conversations sans importance.

Il y avait eu des saisons froides dans un Paris métallique.

Je m'étais un peu éloigné de Blanche – qui s'était, elle-même, un peu éloignée de moi.

Nous nous aimions pourtant.

D'un amour improbable et tordu.

Nous savions encore rire, voyager, nous faire des confidences, partager certains de nos vices, bien que quelque chose se fût appauvri entre nous, qui ne reviendrait plus. Nous le constations ensemble et sans tristesse. La vie est ainsi faite. La passion s'y use plus vite que des chaussures ou des chemises.

Elle tenait pourtant à me consulter dès que nous nous trouvions, ici ou là, en présence de belles personnes susceptibles de faire honneur à ses prochaines *cérémonies*. Je donnais mon avis, Blanche faisait semblant d'en tenir compte, improvisait une stratégie d'approche, murmurait quelque chose à l'oreille de l'homme ou de la femme que je lui désignais – et qui, immanquablement, souriait et acquiesçait.

De quels mots se servait-elle pour obtenir ce qu'elle voulait ? D'où lui venait, toujours, cette effronterie ? Et cette certitude, en tout, de triompher ? Il y avait là, sous mes yeux, une manière de sorcellerie perpétuelle qui m'effrayait – et que j'enviais. Cette femme avait des pouvoirs qu'aucune autre n'avait. Elle aurait pu, dans des mondes anciens, subjuguer des peuples en se contentant de les charmer.

Parfois, quand je passais chez elle, il m'arrivait de la surprendre pendant les quelques minutes quotidiennes qu'elle consacrait à la gestion de sa fortune – et c'était alors une autre Blanche. Celle-ci, moins aérienne, s'emportait, jurait, se fâchait en plusieurs langues. Elle réservait l'allemand à ses grandes colères et l'italien à ses manœuvres de séduction. Quant au français, elle ne s'en servait que pour humilier des lieutenants coupables de lui avoir déplu ou de ne pas avoir suivi ses injonctions. Ses consignes téléphoniques fusaient alors en direction des avocats, des employés, des hommes d'affaires, que j'imaginais obséquieux et tapis dans leurs bureaux cossus de Genève ou de New York. Je devinais le zèle de cette armée soumise à la voix qui les écrasait. Les uns devaient vénérer Mme de N… pour son prestige et ses bienfaits. D'autres devaient la haïr pour son égoïsme et son arrogance. Certains devaient même transpercer d'épingles une poupée à l'effigie de celle qui les tenait en laisse aussi fermement qu'elle me tenait moi-même.

– 38 –

Je me souviens qu'au cours de cet hiver-là, qui était le premier hiver de mon existence oisive, il m'avait fallu apprendre à vivre sans obligations et sans projets.

Je parcourais les journaux par habitude. Ils me parlaient d'un monde agité, qui ne m'intéressait plus, et que j'avais volontairement déserté. Il m'arrivait aussi de déjeuner avec d'anciens collègues des Affaires étrangères, leurs conversations ternes et infatuées me consolaient d'appartenir désormais à la race des individus sans importance collective.

Le reste du temps, je marchais longuement dans les rues de Paris. J'allais jusqu'au cimetière de Montmartre où je déposais quelques fleurs sur les tombes voisines de mon père et de Stendhal.

Blanche me convoquait souvent, comme elle le faisait au commencement de notre histoire. Ses toilettes d'hiver rehaussaient l'incroyable pureté de ses traits et de son corps – dont j'avais imaginé, à tort, qu'ils étaient surtout servis par des étoffes légères. Sa beauté de saison froide était plus sage, plus distante, moins impatiente et, m'avait-elle confié, d'abord soucieuse de « perfection spirituelle ». Afin d'y parvenir, elle réservait sa curiosité à des sujets propres à lui élever l'âme. Devait-elle accorder du crédit à l'hypothèse de la résurrection des corps ? Croire à la réincarnation ? Au Saint-Esprit ? Aux influences astrales ? Devait-elle devenir bouddhiste ? Mystique ? Préférer Hildegarde de Bingen à sainte Thérèse d'Avila ? Impossible, devant cette femme, pur esprit d'une saison, de supposer qu'elle était aussi celle qui partageait avec moi ses *folies* de Naples, de Ravello et de la Villa Montmorency.

« Que penses-tu vraiment de Cornelius ? » m'avait-elle demandé un soir, alors que notre ami, qui n'avait toujours pas rencontré la grande passion après laquelle il se languissait, nous avait informés de son départ imminent et définitif.

« Je l'aime bien. C'est à lui que je dois de vous connaître… »

Blanche me parut soudain mélancolique.

« Si un jour je te perds, si notre alliance se brise, je l'épouserai peut-être, m'avoua-t-elle d'une voix lointaine.

— Pourquoi feriez-vous une chose pareille ?

— Parce qu'un jour, pas si lointain, je commencerai à vieillir. Je me vois très bien au coin du feu, en Nouvelle-Angleterre, avec un plaid sur les genoux et des chiens, des chevaux, des amis et un mari ennuyeux.

Peut-être des amants ou des amantes si j'en ai encore les moyens.

— Mais Cornelius n'est pas assez intelligent…

— Je tiens à finir ma vie en compagnie d'individus ternes.

— Quel intérêt ?

— Les gens sans envergure n'exigent pas que l'on fasse des efforts pour eux. Ils trouvent naturel qu'on les oublie, qu'on ne leur adresse pas la parole, qu'on ne leur réponde même pas s'ils posent des questions. L'absence de charme, vois-tu, est une école d'humilité.

— Je ne vous laisserai jamais faire une telle sottise. »

Elle s'avança vers moi, me caressa le visage avec une vibration de tendresse à laquelle je n'avais jamais encore eu droit.

« Je serai triste le jour où tu me haïras, me dit-elle avant de fuir mon regard, comme si elle avait voulu dissimuler une émotion.

— Qui pourrait vous haïr ?

— Tu verras… La haine, ça arrive vite. Et ça rend idiot… Presque autant que l'amour. »

– 39 –

De passage à Paris, Cornelius avait insisté pour que je lui montre l'endroit où sa *grandma* avait vécu au début des années 1920.

Il lui fallait, toutes affaires cessantes, rassembler des informations afin de convaincre son *board* new-yorkais de dégager des fonds nécessaires à l'entretien d'un lieu aussi noblement historique.

« Je l'exigerai... », m'avait-il assuré sur le ton du fils de famille qui entend bien, mais sans y croire, qu'on tiendra compte de ses caprices.

Nous avions donc débarqué dans l'île Saint-Louis, à la fin d'un dimanche d'hiver, afin que mon ami puisse contempler les hautes fenêtres d'angle qui dominent la Seine à l'endroit où la rue Le Regrattier croise le quai d'Orléans.

« C'est ici ? avait-il soupiré...

— Oui, c'est ici que tout a commencé... »

Sa nostalgie de grand apparat était au rendez-vous.

Il avait sorti sa pochette soyeuse au cas où une larme aurait opportunément coulé sur sa joue encore dorée par le soleil capriote – mais rien ne vint.

« Nancy recevait beaucoup, avais-je cru devoir lui préciser. Beckett, Aragon, Pound, Tzara, Drieu la Rochelle… Ils venaient tous, en voisins, fumer leurs pipes d'opium et inventer d'adorables cadavres exquis…

— Des cadavres ?

— C'était un jeu à la mode, ne t'inquiète pas… »

Cornelius n'avait jamais entendu parler de ces individus pittoresques, ni de leurs jeux cadavériques, ni des raisons pour lesquelles on se souvenait de leurs noms si longtemps après leur trépas, mais il leur témoignait a priori le plus grand respect. Pour lui, les amis de Nancy étaient des créatures anciennes, presque mythologiques. Il les imaginait hiératiques et majestueux. Un peu comme les quatre présidents américains dont on avait gravé les profils sur le mont Rushmore.

« *Grandma* les aimait beaucoup, n'est-ce pas ?

— Oui, sans doute… Ils avaient du talent… Ils voulaient changer le monde et écrire des poèmes immortels… En attendant, ils jouaient avec elle à insulter les passants à coups d'octosyllabes…

— Octo…

— Des vers de huit pieds…

— Ils jetaient des verres ? C'est magnifique ! »

Nous avions ri, bien sûr.

Mais ces rires n'amoindrissaient pas son émotion ni son goût pour les généalogies fantaisistes. Il avait l'impression que son lignage imaginaire s'accrochait, en ce lieu, à une souche prestigieuse et obscure qui l'aiderait, plus tard, à faire provision de passé.

Nous avions ensuite marché dans le quartier, passé le pont Marie sous un ciel bas et gris, longé le quai d'Anjou jusqu'à la petite place qui porte précisément le nom de Louis Aragon.

« Celui-là, je ne l'aime pas trop, me déclara Cornelius. N'était-ce pas un petit gigolo ? ou un poète de rien du tout ? J'ai entendu dire qu'il s'était mal conduit avec *Grandma*... »

De toute façon, il était pressé. Un couple d'amis milanais l'attendait à son hôtel et il ne voulait pas être en retard.

Je le vis sauter dans un taxi et disparaître, m'abandonnant sur cette place déjà assombrie par le clair-obscur qui avait pris possession de la ville.

J'étais seul. Sous des nuages à peine plus hauts que les toits d'ardoise. Les amoureux et les peintres du dimanche avaient déguerpi. Autour de moi, des saules alanguis se reflétaient dans l'eau verte de la Seine.

C'est alors que, l'esprit légèrement engourdi par un froid de plus en plus vif, j'avais à nouveau entendu des voix.

L'une d'entre elles, en particulier, me parlait avec insistance.

Une de mes hallucinations, encore... Était-ce ma conscience ? Ma mémoire ? Un souvenir ? Mon père ? Une autorité supérieure ? On me prendra peut-être pour un dément, mais je m'en moque. Et j'affirme, oui j'affirme, qu'il n'y avait là ni posture ni tricherie. Aussi extravagant que cela paraisse, cette voix, je l'avais vite reconnue : c'était la voix de Louis Aragon.

– 40 –

— Alors, petit, on s'intéresse à Nancy ?

Aragon a pris sa petite voix mondaine,
presque précieuse, avec les inflexions

désuètes et féminines
des acteurs d'avant-guerre

— Pas vraiment à elle… Plutôt à une femme qui porte, comme elle, des bracelets d'ambre et d'ivoire…

— Ah, les bracelets de Nancy !

— À propos, et puisque j'en ai enfin l'occasion, j'aimerais savoir : cette Nancy était-elle le modèle de votre Blanche ?

— Franchement, je ne m'en souviens plus… Je n'ai pas relu mon roman depuis une éternité. Même en l'écrivant, je crois que je n'y comprenais rien. Je voulais faire moderne en ce temps-là… Au départ, il s'agissait peut-être de raconter une histoire, mais laquelle ? J'ai oublié, d'où le titre du roman, d'ailleurs… Cela dit, j'étais déjà tellement célèbre quand j'ai écrit *Blanche ou l'oubli* que tout le monde a trouvé ça génial… Je n'allais pas me plaindre, eh, eh… Cela dit, tu parles l'english ?

— N'oubliez pas, Ô Grandeur, que j'étais diplomate… Et un diplomate sans « english », c'est comme…

— Eh bien, pense donc à ce fameux *Con d'Irène*, qu'on m'attribue depuis si longtemps…

— Quel rapport ?

— Mon cher, « con » is « cunt » en english… Et « cunt » ne sonne-t-il pas comme le début de Cunard ?

— C'est un peu tiré par les cheveux, non ? Elle ne s'appelait pas Miss Cuntnard…

— Cunard ou Cuntnard, c'est kif-kif non ?

— Vous insinuez donc que…

— Plus un mot à ce sujet, please… Un type comme moi garde le silence sur ces choses-là…

— Oui, oui, cher Monsieur Aragon, je comprends, oui, je comprends…

— D'autres questions ? On ne va pas y passer la nuit…

— C'est si drôle, voyez-vous, si inattendu, si merveilleux, de bavarder avec vous alors que vous êtes mort depuis longtemps …

— Drôle ? Façon de parler, petit ! Quand je t'ai aperçu tout à l'heure, depuis les fenêtres de la rue Le Regrattier, j'ai eu envie de te dire deux mots…

— Puis-je faire quelque chose pour vous, Ô Poète ?

— Tu sais, petit, je ne suis pas très content de me retrouver dans ton récit érotico-branleur… La partouze, tout ça, c'est pas mon genre… Et c'est gênant pour ma réputation. N'oublie pas que je suis un ami de la classe ouvrière !

— Pardonnez-moi, monsieur, je n'avais pas l'intention de vous importuner… C'est à cause de Blanche, son prénom, ses bracelets… Vous comprenez ?

— Je comprends, j'aurais pu être aussi maladroit que toi dans ma jeunesse… Mais là, tout de même, à mon âge, ai-je ma place dans un roman un peu cochon ?

— Rien ne peut surprendre l'immense auteur du *Con d'Irène* que vous fûtes, Ô Maître…

— Je t'ai déjà dit que je n'ai jamais voulu admettre que j'étais l'auteur de cet ouvrage obscène et remarquable…

— Je peux citer de mémoire :

« L'érotisme est le plus vrai, le plus irrespectueux,
le plus abrupt des miroirs.
Ce que l'on y surprend de soi-même est à frémir… »

— Je dois reconnaître que ça n'est pas mal du tout. Tu as remarqué ce « est à frémir » avec un sujet impersonnel ? Effet garanti, n'est-ce pas ? Ah, je savais y faire…

— Avez-vous des nouvelles de Nancy ? Sans elle, finalement, je n'aurais peut-être pas écrit une seule ligne de mon propre récit…

— Ah, la barbe avec Nancy ! Sa charogne doit encore baiser avec des nègres ! On peut dire qu'elle a bien gâché mes débuts dans la vie, celle-là… Mais, vois-tu, elle avait du pognon, beaucoup de pognon, et je trouvais ça très excitant… Drieu aussi aimait les femmes à pognon… On faisait une belle paire tous les deux, eh, eh… Je me souviens du jour où on m'a annoncé qu'elle avait enfin crevé à Cochin, dans une chambre qui sentait le pipi…

— Qu'avez-vous ressenti à ce moment-là ?

— Eh, je me suis dit « bon débarras ! C'est Elsa qui va être contente… »

— Comment trouvez-vous ma Blanche ?

— Une nymphomane, comme la mienne… À croire que toutes les Blanche ont le feu au cul… La tienne, la mienne… À la longue, ça fait peine… Faudrait que quelqu'un se dévoue, et les baise bien une fois pour toutes…

— À part ça, il ne vous manque rien ?

— Rien, franchement… J'adore l'endroit où on m'a installé… Juste sous les fenêtres de mon Aurélien Leurtillois… Parfois, il descend, nous taillons une petite bavette… C'est plutôt rare, non, d'apprécier sa progéniture de papier ? Mais avec Aurélien, ça a toujours bien fonctionné… C'était un gars dans ton genre, d'ailleurs… Rentier, faible avec les femmes, ami de son nombril… Je m'entends admirablement avec lui…

— Lui ? C'est-à-dire Drieu la Rochelle – qui était, si je ne me trompe, le modèle de votre Aurélien, et que vous aviez logé dans l'appartement dont les fenêtres vous font face…

— Je vois où tu veux en venir… Et tu t'imagines peut-être que je vais entrer dans ton jeu ? Aurélien Drieu était mon meilleur ami. On raconte même, dans des livres que je n'ai pas lus, qu'on avait couché ensemble… On n'aurait pas dû faire de la politique, voilà tout…

— J'occupe moi-même, à Capri, une chambre d'hôtel où votre Aurélien Drieu était venu avec sa maîtresse anglaise…

— Ah, les maîtresses anglaises ! C'était sa spécialité… Il aimait le tweed, mon Drieu… Alors, tu imagines, une maîtresse en tweed, pour lui, c'était l'idéal…

— À Capri, d'ailleurs, je vous ai également croisé… Vous étiez encadré, sur une étagère, dans un très beau salon posé sur la mer.

— C'est bien possible... On m'a beaucoup photographié du temps que je vivais... Il faut dire que j'étais très beau... Capri, dis-tu? J'ai dû y faire un tour à l'époque... Gorki, Lénine, Neruda m'y avaient précédé... C'est drôle comme cet endroit de rupins est apprécié par les communistes...

— Et maintenant, puis-je faire quelque chose pour vous?

— Rien du tout... D'ailleurs, il se fait tard, j'ai envie de disparaître une fois de plus... Débrouille-toi sans moi! Tu veux que je te dise un poème?

— C'est trop d'honneur.

— Bon, alors j'y vais...

Aragon se racle la gorge,
chauffe ses cordes vocales,
et déclame...

«*Il faut que ce portrait que de moi tu peindras*
Ait comme un ver vivant au fond du chrysanthème
Un thème caché dans son thème
Et marie à l'amour le soleil qui viendra»

Il y eut encore, dans l'air, un éclat de rire tonitruant qui se dispersa dans le frissonnement des feuillages agités par le vent.

Des nuages passèrent.

Ils avaient des formes de sorcières, de tumeurs, de champignons, de boules de coton, d'oies sauvages «*qui criaient la mort au passage*»...

Et le silence revint.

Avec le simple clapotis de la Seine fendue par des péniches indifférentes.

– 41 –

Avec les beaux jours, Blanche retrouva son besoin de débauche et de corps nouveaux. Il lui fallait aussi se réconcilier avec le vertige des étreintes anonymes qui lui plaisaient tant, et que l'hiver avait provisoirement gelé. À croire que les vices ont leur saison, comme les fleurs ou les fruits.

Un matin, alors que je lui rendais visite, elle m'avait déclaré :

« Nous nous connaissons depuis presque un an… N'est-ce pas merveilleux ? Qui, à part nous-mêmes, devrions-nous remercier ? »

La lumière ruisselait sur les lilas de la Villa Montmorency. On avait ajouté quelques perroquets dans la volière qui se dressait au fond de la grande galerie. Leurs couleurs extravagantes s'accordaient au turban de Zita – qui avait, disait-on, la réputation de maîtriser le dialecte de cette espèce de volatiles. Elle leur parlait. Les considérait comme d'éminentes pythies. Recueillait leurs oracles. Transmettait à sa maîtresse les secrets d'avenir qui lui avaient été caquetés et auxquels les humains ordinaires n'entendaient rien. J'aurais voulu savoir ce que ces perroquets prévoyaient pour moi, mais Zita ne daignait pas m'adresser la parole et je devais me satisfaire de son seul sourire mauvais.

Blanche rayonnait. Elle chantait – opéras, rengaines, chansonnettes… Se grisait de tout. Apprenait par cœur de longs poèmes – des choses sonores, parfois clinquantes, un peu creuses (Heredia, Hugo, Corneille et, même, Leconte de Lisle…) qu'elle se plaisait à réciter tandis que Zita lui massait les épaules ou les chevilles.

L'hiver avait reposé ses sens qui, sortant de leur torpeur, retrouvaient maintenant leur avidité de croisière.

Elle ne m'avait pas caché qu'elle retournait désormais sur ses terrains de chasse habituels (bars d'hôtel, gares, quartiers excentrés, salons de beauté) où il lui était facile de séduire des filles fraîches et impressionnées par son allure luxueuse. Elle y faisait également provision de garçons tout en se lamentant de leur sentimentalisme et leur insuffisance.

Tout cela avait ravivé son appétit.

Elle se mit alors en tête d'organiser une nouvelle *cérémonie*.

« Ce sera très réussi, je te le promets… Je vais convoquer les plus beaux et les plus belles… Les plus libres, surtout ! Nous n'avons plus de temps à perdre avec les hypocrites… »

Elle avait téléphoné à ses contacts en Europe, mobilisé ses réseaux, consulté sa mémoire (« dois-je faire venir

Cosima ? »), et tout fut bientôt organisé. Les invités avaient été convoqués pour le 22 juin afin de célébrer dignement le premier jour de l'été.

Jamais Blanche n'avait été aussi soucieuse des détails. Elle donnait ses ordres à Zita qui les répercutait aussitôt. Les domestiques de rang inférieur rivalisaient de dévouement. Une ferveur nouvelle s'emparait de chacun comme si, au lieu de mettre en scène une orgie, on réglait les détails d'un mariage ou d'une fête de Noël. Des bouquets de fleurs arrivèrent de partout avec leurs bristols de grande tenue. Ils signalaient que les invités étaient déjà dans les parages et se préparaient eux aussi.

Et tout fut parfait.

Il y avait eu, grâce à la maîtresse de maison, des participants originaux, élégants et jeunes.

Leur ballet impeccable avait été réglé comme une musique de chambre.

La cérémonie avait commencé vers minuit et s'était poursuivie jusqu'à l'aube.

Il avait suffi de lâcher prise, de prendre ce qui s'offrait, de jouir sans se soucier du sens ou de l'immoralité du manège qui avait déjà perdu, à mes yeux, l'éclat des choses vénéneuses.

Je m'étais attaché à une belle femme provocante qui gémissait avec un accent étranger. C'est elle qui, après m'avoir murmuré qu'elle se prénommait Stefania, m'avait choisi, tout en me faisant comprendre que son ardeur exigerait beaucoup plus que ma seule personne, et que je devais me résigner à ne pas être son choix unique. D'ailleurs, m'avait-elle précisé, son mari était là, devant nous, souriant et attentif. Il affichait une courtoisie de bon aloi et ne dissimulait rien de sa tendresse à l'endroit d'une épouse dont la frénésie attirait partenaires et curieux. La promiscuité qui s'était ensuivie m'avait pourtant lassé, puis déplu. Je me souviens de l'essaim, presque carnivore, affairé autour de cette Stefania qui, ravie, n'en finissait pas de prendre, d'être prise, de s'abandonner, sous le regard réjoui de son époux. Partout, des bouches comme des ventouses, des langues, des mains, se promenaient et se mêlaient. Partout, des regards si vides et si chavirés que j'avais cru, un instant, lui faire l'amour au milieu d'un groupe de cadavres encore agités.

– 42 –

Blanche s'était éloignée en compagnie de deux hommes dont l'empressement semblait prometteur. Le premier la couvrait de baisers dans le cou et l'oreille. L'autre, très entreprenant, tentait de dégrafer sa robe en riant. Impatiente, Blanche avait plaqué sur son visage le masque de contentement que je lui connaissais bien, qui ne signalait en rien son contentement réel, mais dont elle se servait pour encourager ses partenaires à redoubler de galanterie. Elle m'avait aperçu. D'un petit signe de la main, elle m'avait invité à la rejoindre, mais je n'en avais pas eu envie. Quelque chose, dans notre complicité, se défaisait, du moins pour la part qui me revenait. Nous en avions pris acte l'un et l'autre. Sans tristesse.

Dans l'antichambre, alors que je m'apprêtais à quitter la maison, j'avais retrouvé l'aimable Stefania. Elle se remettait à peine de ses émotions et repeignait ses lèvres devant un miroir. Elle me reconnut. Me sourit. Toute disposée, sans doute, à prolonger ses divertissements érotiques ou à bavarder, comme cela se fait parfois après les parties de plaisir. Son mari, apparaissant soudain, m'avait proposé de profiter de sa voiture pour rentrer chez moi – « ou chez nous... » avait rectifié Stefania.

Cette fille était réjouissante.

« Nous nous reverrons peut-être, m'avait-elle dit sur le seuil... Nous sommes à l'hôtel pour le moment... Notre suite est immense... nous pouvons y recevoir quelques amis... Passez nous rendre visite, un soir, nous vous présenterons des gens très intéressants... »

Elle avait le roucoulement généreux d'une heureuse bourgeoise lombarde. Un roucoulement de poitrine. Profond, musical, prompt à grimper dans les aigus ou à dévaler vers les sons graves. Avec de tels sons si près du cœur, on doit pouvoir affronter en confiance tous les périls de la vie.

Oui, nous nous reverrons, chère Stefania...

Peut-être.

Je venais de faire quelques pas vers la grille du parc quand j'aperçus, descendant d'une limousine conduite par un chauffeur, une jeune femme qui, à l'évidence, allait rejoindre les invités que je venais de laisser à leurs affaires. Le chauffeur qui l'avait aidée à sortir de la voiture m'avait jeté un regard méfiant, comme si je risquais d'être une menace pour sa passagère.

Celle-ci avait glissé, telle une ombre, devant moi. Nos regards s'étaient rapidement croisés et j'avais eu le temps de remarquer, dans le sien, une lueur d'innocence qui contrastait avec l'âpreté pâle de ses traits. Ses lèvres brillaient dans la nuit. Ses cheveux me semblèrent roux. Elle haletait comme un moineau pris au piège. Craignant sans doute que je me souvienne de son visage, elle s'était empressée de le dissimuler avec le masque qu'elle tenait à la main. Puis elle m'avait frôlé dans un tourbillon d'étoffes et de parfums avant de passer la grille et de s'enfoncer dans l'obscurité qui menait aux salons. Cette femme-ombre m'avait intrigué. Mais j'avais la tête lourde et la peau encore moite des corps qui s'y étaient frottés. Il me fallait respirer l'air du matin.

J'avais marché jusqu'au Trocadéro. Pris ensuite un taxi pour le Palais-Royal où j'étais arrivé à l'heure où les façades se transforment en meringues roses et mordorées.

J'aimais cet écrin. Sa lumière. Ses légendes. Ses bassins aussi, sur lesquels, ce matin-là, je m'étais penché comme autrefois, quand je rendais visite à mon père. J'y avais contemplé mon visage froissé par la nuit. Ce visage me regardait. Je le regardais en retour. Nous étions des étrangers l'un pour l'autre. Je n'ai jamais compris pourquoi, d'ailleurs, je ne me suis jamais reconnu dans mon reflet. Est-ce bien lui qui me renvoie le dessin exact de mes traits, peut-être de mon âme ? Est-ce, au contraire, mon masque le plus trompeur ?

Une heure plus tard, retrouvant mon lit, j'avais plongé dans un sommeil épais et noir.

Je n'en étais sorti, comme après la traversée d'un désert, qu'à la fin de la journée, quand Blanche m'avait téléphoné.

– 43 –

À sa voix, je devine qu'elle est d'humeur joyeuse. La nuit, ses invités, ses deux amants empressés, ne lui ont laissé que de bons souvenirs. Elle a déjà pris un long bain, lu les journaux, donné des consignes précises à Zita et à ses avocats, reçu son coiffeur, son masseur, sa manucure – qui composent, dit-elle, cette « armée de chaque jour » sans laquelle elle n'oserait pas livrer ses grandes ou ses petites batailles. Son air enjoué, pourtant, ne trompe pas : elle va, bientôt, me demander quelque chose. Mais elle se croit obligée d'emprunter quelques détours avant de parvenir à ce qui fait sans doute l'objet de son appel. J'ai progressivement découvert que Blanche agit toujours ainsi : d'abord, elle enlace son interlocuteur dans des paroles suaves, elle le ligote sans qu'il s'en rende compte, après quoi elle donne des ordres auxquels il est impossible de se dérober. Parfois, elle s'y prend à l'inverse, tout en visant le même résultat : elle évoque, mais à peine, ce qui lui serait agréable, attend qu'on la devance, ou qu'on se propose de l'aider à obtenir ce qu'elle désire, puis elle fait semblant d'y consentir, comme s'il s'agissait d'accorder une faveur à ceux qui, de fait, n'avaient que le choix de lui obéir. Je connais son procédé. Je m'amuse à lui faire croire que sa façon d'agir et de manipuler est d'une redoutable efficacité.

« Pourquoi es-tu es parti si vite ?

— Pardonnez-moi, Blanche, j'avais besoin de marcher, de…

— … de t'enfuir ?

— On pourrait dire ça, oui… Vous savez, ces soirées… Parfois, j'y suffoque. Et je quitte votre maison dans un drôle d'état. Comme si, pendant quelques heures, j'avais été quelqu'un que je ne connais pas. Dans ces moments-là, vous le savez bien, je n'aime pas trop celui que je suis capable de devenir.

— Quelle importance ? Tu crois que je me reconnais, moi, à certains moments de ma vie ? C'est même agréable, non, cette façon de se sentir étranger à soi-même… Cela dit, tu n'as pas le droit d'avoir envie de t'enfuir de chez moi quand je me donne tant de mal pour organiser une petite fête. Hier, je t'ai cherché… J'étais triste … Enfin, pas trop…

— C'était très réussi… Les invités étaient beaux. Tous avaient l'air de s'amuser. J'en ai un peu profité.

— Oui, j'ai vu que tu étais occupé. Sais-tu que la femme avec laquelle tu jouais, je l'avais invitée spécialement en pensant à toi ? Une Milanaise, je crois, Stefania… Très dépravée… Très libre… Elle se déplace toujours avec son mari. J'ai tout un dossier sur eux, si ça t'intéresse. Ce sont des grands pervers, surtout lui.

Stefania, elle, est juste une magnifique vicieuse… Ça m'a fait plaisir de te sentir heureux.

— Vous croyez que j'étais heureux ?

— Oui, bien sûr… Et tu devrais me remercier !

— Merci, Blanche… Merci.

— D'ailleurs, j'aime qu'on me remercie. Mais je t'en veux surtout de t'être enfui si vite… Tu sais bien que tu fais partie de mon plaisir.

— Vous aviez disparu dans votre chambre.

— C'est ce que je te dis : tu aurais pu venir voir ce que j'y faisais.

— Allons, Blanche, je sais très bien ce que vous y faisiez.

— Et ça ne t'intéresse plus ?

— Blanche, je vous en prie… J'ai bien vu que ces deux hommes vous escortaient depuis le début de la soirée, ils avaient l'air d'être tout à fait charmants, et j'ai eu le temps de voir qu'ils vous couvraient de baisers et de caresses. Vous vous laissiez faire. Avec un abandon qui ne vous ressemblait pas… Tout cela m'a paru très prometteur, très…

— J'avais d'abord besoin de ta présence. Tu le sais, n'est-ce pas ?

— Oui, je sais. Je sais aussi que vous pouvez, à l'occasion, vous passer de moi.

— Tu te trompes !

— C'est gentil de le dire.

— Je dis toujours la vérité.

— Mais non, vous adorez mentir.

— C'est exact, j'adore mentir ! Et pourtant, je ne devrais pas avoir envie de mentir puisque je peux fabriquer, en vrai, toutes les réalités dont j'ai besoin.

— Et quel sera votre prochain mensonge ?

— Tu le sauras bien assez tôt.

— Voulez-vous que… »

Blanche ne m'écoute plus. Elle a dû poser son téléphone, sans me prévenir, pour rectifier l'équilibre d'un bouquet ou consulter le courrier que Zita vient peut-être de lui apporter. Je ne me suis jamais senti désobligé par sa désinvolture. Il m'arrive même de recevoir cette façon de s'absenter, de s'évaporer, de m'oublier tout en me revenant un peu plus tard, comme une faveur à moi seul réservée. Après quelques minutes, en effet, Blanche reprend le fil de notre conversation…

« … en tout cas, pour hier, c'est tant pis pour toi… Quelques minutes de plus et tu aurais pu rencontrer Angie.

— Angie ?

— Oui, Angie, comme la chanson… »

Et elle se met à chanter : « Angie, Angie… » Blanche a une voix ravissante.

Et, quand elle chante, cela annonce toujours quelque chose d'important.

« Oui, Angie est une nouvelle amie. Une fille… troublante… Avec des doses extrêmes de vulgarité, de violence, de tendresse…

— Je la connais ?

— Pas encore.

— Elle s'appelle vraiment Angie ?

— C'est ainsi qu'elle se fait appeler en ce moment, voilà tout… Mais, si j'ai bien compris, ça peut changer. Sur le moment, ce prénom m'a plu. Un prénom céleste… Elle, ange, moi démon…

— Je crois que nous nous sommes croisés devant la grille du parc… Une jolie fille avec un air méchant… Rousse, c'est bien ça ?

— Oui, rousse… Sais-tu que certaines femmes sont rousses parce que le diable les a léchées avant leur naissance ? Elle est très belle, non ? Et plus sauvage que méchante, crois-moi… Elle est émouvante, sexy et… intelligente ! Pas froid aux yeux, je suppose…

— C'est vague.

— Plus tard, je te donnerai peut-être les détails que j'imagine.

— Où l'avez-vous trouvée, cette Angie ?

— Au bar du Meurice, un après-midi…

— Que faisiez-vous dans un bar d'hôtel, l'après-midi ?

— Ça s'est passé il y a deux semaines… J'avais si chaud ! Et tu sais bien que j'adore les bars d'hôtel… On entre, on s'assoit, la pièce peut commencer… Alors, dès que je m'ennuie…

— … vous allez dans un bar d'hôtel…

— En plus, ce jour-là, il y faisait frais.

— Et alors ?

— Alors, à la table voisine, je remarque une fille splendide…

— Votre première impression ?

— Beaucoup de grâce… Une peau saine, des yeux de feu, des mains mobiles et très… blanches ! Oui, c'est ça : j'ai vu mon prénom sur ses mains, sur sa peau… D'emblée, j'ai senti que cette fille me caressait. Et ça m'a secouée. En plus, elle avait des chevilles de pur-sang.

— Vous avez eu la curiosité d'observer ses chevilles ?

— C'est ce que je regarde d'abord : les chevilles et les poignets… Et aussi la gorge…

— Ah, la gorge, bien sûr !

— Rien n'est meilleur au monde que de tomber, par hasard, au coin de la rue, sur un être absolument désirable… Et cette fille l'était, tu peux me croire.

— Vous dites ça parce que vous parvenez toujours à conquérir ce que vous désirez. Imaginez l'amertume de ceux qui désirent en vain.

— Je me moque de l'amertume des uns ou des autres, je ne sais même pas à quoi ça pourrait ressembler… Aurais-tu oublié que je ne pense qu'à moi ?

— Je ne l'oublie jamais. Et je ne vous en veux pas…

— … et puis, je me rends compte qu'il y a un homme à ses côtés, un homme avec une sale tête de renard… Il avait l'air de me connaître. Il s'est précipité, lèvres pincées, et m'a expliqué qu'on s'était déjà rencontrés dans une fête, à Rome, deux ou trois ans plus tôt. Une fête d'un genre que j'aime bien, tu comprends… Il avait une voix louche de canaille, avec un accent bizarre, très Europe centrale, mais il connaissait sans doute mes goûts car il a aussitôt ajouté : “Je vous présente Angie, ma fille bien-aimée”, et il m'a tendu sa carte.

— Quel nom sur la carte ? »

Blanche a égaré cette carte et part à sa recherche, oubliant une fois encore que je l'attends. Blanche s'est persuadée que le monde entier, y compris moi, sans cesse, peut l'attendre. Donc, j'attends. Et au bout de quelques minutes…

« Tu es encore là ?

— Oui, oui, encore là…

— Bon, j'ai retrouvé sa carte. Il se nomme Emil…

— Émile comment ?

— Juste Emil, sans “e”…

— Comme Cioran ?

— Sans doute… Je me souviens maintenant… Il s'était présenté sous le nom de “Monsieur Emil” en me tendant sa main moite. C'est un Roumain, je crois…

— Tous les Roumains s'appellent Emil.

— Celui-ci était pâle comme un vampire. Sur la carte, il y a l'adresse d'une discothèque, rue de Ponthieu, le Flamant Rose… Tu connais ?

— Je crois que c'est un bar à putes… Cornelius a dû m'y emmener, un soir. On a donc un ange et un démon…

— C'est moi le démon ?

— C'est vous-même qui le disiez il y a un instant : elle ange, moi démon…

— Bon, ce type était pressé... Il m'a juste dit qu'il serait enchanté de me revoir à l'occasion, et il s'est éloigné en murmurant à la fille, mais assez fort pour que je l'entende, qu'il l'attendait devant l'hôtel, dans un taxi... Il a ajouté, en me regardant : "Je vous laisse la prunelle de mes yeux... Mais dix minutes, pas plus, hein ! Vous aurez l'occasion de vous revoir, j'espère..." Il avait une voix pleine de ricanements et de sous-entendus...

— C'est étrange, non, cette façon de vous laisser seule avec cette fille, sa fille, que vous ne connaissiez pas.

— Non, ça n'est pas du tout étrange... C'est, au contraire, assez clair.

— Vous vous êtes donc retrouvée seule avec cette Angie ?

— Je n'attendais que ça !

— Dix minutes, ça laisse peu de temps...

— Mais son regard ne trompait pas. Et les allusions de ce Monsieur Emil ne trompaient pas non plus.

— Donc...

— Cette fille, franchement, avait une façon majestueuse, presque royale, de s'offrir, de dire "je veux bien vous appartenir si vous faites ce qu'il faut..." Mais elle ne voulait pas s'attarder, à cause du Roumain qui l'attendait dans son taxi... J'ai juste eu le temps de lui dire que j'organisais une soirée très privée, je l'ai invitée, je lui ai donné mon numéro de téléphone, elle m'a rappelée quelques jours plus tard alors que je l'avais déjà oubliée. Je lui ai un peu expliqué l'esprit de ma cérémonie, et elle est venue...

— Donc une fille facile ?
— Peut-être, mais ça ne diminue pas mon mérite.
— Vénale ?
— Qui ne l'est pas ?
— Roumaine, elle aussi ?
— Peut-être… Sa voix venait d'ailleurs, peut-être de Roumanie, avec des sons inattendus et fluides, et une manière spéciale d'articuler les mots, sans jamais oublier les liaisons ou les doubles négations… Plus personne ne parle comme ça… Tu sais, mon mari, qui s'y connaissait, disait toujours qu'il n'y a que deux sortes de femmes : les femmes et les Roumaines…
— Une fille que son propre père met sur le marché, c'est plutôt original, non ?
— Oh, tu es tellement conformiste ! C'est navrant… Les pères sont souvent les premiers proxénètes de leurs filles, tout le monde sait ça… Mon propre père, par exemple, m'a littéralement mise dans le lit d'un futur époux beaucoup plus riche que lui alors que j'étais plus jeune que cette Angie… À mon avis, le père de cette fille veut la réserver pour ce qu'il y a de mieux…
— Donc vous.
— C'est exactement ce que je me suis dit…
— Vous étiez sûre qu'elle viendrait ?
— Pas sûre, non, mais j'en avais envie… Pendant toute la soirée, je n'ai cessé de me dire qu'elle ne viendrait pas. Et ça prouve que je n'avais pas cessé de penser à elle… Ça m'a fait plaisir quand, enfin, Zita m'a annoncé qu'une certaine Angie venait d'arriver…
— Elle s'est bien tenue ?

— Oui, très bien. Elle avait choisi d'être distante, de refuser chaque avance… Au début, tu sais, les gens hésitent… Elle observait les couples, elle avait des gestes délicats pour éconduire ceux qui l'approchaient. En partant, elle n'a même pas eu besoin de repeindre ses lèvres…

— Vous avez joué avec elle ?

— Non, elle n'a joué avec personne. Elle était venue pour regarder.

— Rien d'autre ?

— Rien d'autre… Mais j'ai eu envie, soudain, qu'elle me regarde, moi, seulement moi… Je suis désolée, mais tu étais parti… Quand j'ai su qu'elle était là, j'ai quitté ma chambre où les choses n'avaient pas vraiment commencé, je suis allée à sa rencontre, je l'ai prise par la main et je l'ai conduite jusqu'au chevet de mon lit où il y avait déjà ces deux gentlemen…

— Vous n'avez pas tardé à me remplacer…

— J'avais envie qu'on me regarde, tu me manquais…

— Pensez-vous que ce rôle lui a plu ?

— Ce qui compte, c'est que ça m'ait plu à moi.

— Et ça vous a plu ?

— J'ai adoré ! C'était même troublant… Parfait… Dès la première fois… Comme si elle devinait exactement, et sans que je le lui explique, ce dont j'avais besoin.

— Vous la reverrez ?

— Si elle le souhaite… Je la laisse décider… Mais j'ai aimé qu'elle me regarde et qu'elle tienne ma main pendant qu'on me prenait. Évidemment, mes gentlemen lui ont proposé de se joindre à nous, mais elle a poliment refusé.

— Vous lui parlerez de moi ?

— Je parle toujours de toi.

— J'aimerais vous entendre quand vous parlez de moi…

— Tu serais surpris.

— Moi, je ne parle jamais de vous. À personne.

— Cela fait partie de notre règle, non ? Je t'ai choisi parce que je sais que tu n'oserais pas me trahir.

— Par manque de courage ? Par amour ? Par habitude ?

— À toi de voir… En attendant, tu ne veux pas en savoir davantage sur cette Angie ?

— Oui, racontez…

— Elle m'a troublée…

— Vous l'avez payée ?

— Je lui ai proposé de l'argent, elle a refusé…

— Cette fille coûtera donc très cher.

— J'ai eu l'impression que, pour elle, l'argent n'était pas le plus important.

— Le plus important, toujours, c'est soit l'argent, soit le vice. Qu'est-ce que vous préférez ?

— Dans ce cas précis, je ne sais pas encore.

— Voulez-vous que je vous la ramène ?

— Tu me devances… C'est exactement ce que je voulais te demander… Tu me la ramènes, d'une façon ou d'une autre… Je voudrais, juste, qu'elle fasse semblant d'avoir eu envie de revenir, de me revenir... Tu sauras faire ça, non ?

— Certaines femmes peuvent feindre n'importe quoi...

— Et moi je peux faire semblant de croire qu'on est sincère.

— Que se passe-t-il ? On dirait que vous avez des sentiments.

— N'en parlons plus...

— Dommage, ça devenait inhabituel...

— Mais il fait trop chaud pour ce genre de conversation... Depuis mon réveil, j'étouffe, j'ai l'impression d'être un poisson sur le sable.

— De quelle chaleur parlez-vous ? »

Elle rit.
C'est le rire que j'avais entendu,
pour la première fois,
sur la Piazzetta.

« Depuis hier, depuis la fin de notre soirée, je meurs d'envie de quitter Paris.

— Besoin de grand air ?

— Je vais partir... Tu me rejoindrais ?

— Où irez-vous ?

— Au bord de la mer... Dans notre île magique... J'aimerais, vois-tu, qu'elle sonne à ma porte, un jour, sans prévenir...

— ... et vous me demandez de rendre cela possible ?

— C'est toi qui me le proposes.

— Mais si vous êtes avec elle, aurez-vous encore besoin de moi ?

— J'ai toujours besoin de toi…

— Alors, tout va bien.

— Promets-moi : tu me la ramèneras, n'est-ce pas ?

— Je vous le promets.

— Tu sauras la retrouver ?

— Je saurai.

— J'avais si peur que tu refuses.

— Vous ai-je jamais refusé quelque chose ?

— Bénie soit la nuit où je t'ai rencontré. »

Elle a déjà raccroché.
Avec Blanche, tout est toujours net et précis.
Pas de temps à perdre.

– 44 –

La Blanche de ce début d'été est insaisissable. À chaque instant, elle s'échappe, disparaît, revient, proche, lointaine, proche, encore plus lointaine. Elle ne répond d'aucun des sentiments ou des désirs qu'elle inspire – et qu'elle reçoit comme s'ils s'adressaient à une autre. Rien ne la capture. Ni ne la fixe. Capricieuse, indifférente, égoïste, mobile, elle flotte. Ses humeurs sont des masques. Elle peut rire et être triste en même temps. Jouir en pleurant. Regarder sans voir. Et tout voir en fermant les yeux. Je suis déconcerté, ravagé, ému, conquis, par la liberté absolue qu'elle s'accorde et qui lui permet d'aller, de venir, de se contredire. La fluidité de Blanche. La rapidité de Blanche. Ses métamorphoses. Ses indécences. Ses abandons. Tout me plaît et me déplaît en elle. Je ne sais plus – l'ai-je jamais su ? – qui elle est. Ni ce qu'elle veut. Ni ce qu'elle attend. Depuis notre rencontre, elle me séduit et me déplaît. J'ai envie de lui appartenir et je veux la fuir. Je ne lui connais aucun territoire stable. Aucun cap. Je la laisse ici, elle surgit ailleurs. Une goutte de mercure.

Une poignée d'eau. Virtuose de l'écart, elle dispose de plusieurs identités – salope, mystique, femme d'affaires, grande dame, déesse, etc. – où elle se réfugie quand bon lui semble. Baudelaire, qu'elle vénère, l'aurait adorée. Et elle aurait aussitôt adoré le piétiner. Une femme-dandy. Une poudre aux yeux. Une experte. Infidèle à tout. Même pas obsédée par sa seule personne. Souvent, dans nos conversations, elle s'amuse à devenir son propre contraire et, sans s'en expliquer, y revendique une opinion avant de s'accrocher, soudain, à l'opinion inverse. En général, je ne lui vois que des défauts qui me retiennent cependant. Blanche est un incendie. Capable, en une seconde, de tout consumer. Puis de s'évaporer en abandonnant un amas de cendres dans son sillage. Face à cette femme, il ne me reste qu'une seule et paradoxale certitude : l'air qu'elle souffle est toujours plus frais, plus pur, plus vivant, que l'air qu'elle aspire.

Cette femme-là ne m'avait jamais demandé de l'aimer. Elle aurait même ri, franchement ri, si quelqu'un avait prétendu en sa présence que l'amour, qu'elle ne connaissait que par ouï-dire, devait avoir cours sur ses territoires aventureux.

Elle m'avait avoué, en revanche, qu'avant même son mariage avec M. de N…, elle avait cessé d'entretenir la moindre illusion au sujet d'un sentiment qu'elle rencontrait souvent dans les romans, mais dont elle n'avait jamais fait l'expérience. Était-ce à cause de sa nature ? D'un calcul ? D'une infirmité de cœur ? Elle l'ignorait.

Elle était simplement née ainsi : athée de l'amour comme d'autres le sont de Dieu.

Elle estimait même que cet amour de haute réputation littéraire et mondaine avait été inventé par les femmes, à dessein, afin de permettre à leur sexe, prétendument faible, de gouverner un monde qui se serait mieux arrangé de leur servitude. Or, malgré cet avantage sans doute utile aux créatures démunies, elle ne voyait pas le profit qu'elle aurait pu tirer, elle, d'une disposition trop envahissante, dramatiquement ambiguë, et qui lui était d'autant plus facultative que sa fortune et sa beauté l'en dispensaient.

Lors de nos premières promenades vers le Cap Masullo, elle avait tenté de me convertir à sa religion sans absolu, sans lendemain, sans transport. Elle y était parvenue d'autant plus facilement que je pratiquais déjà le même culte – par intermittence, et en amateur. Dans l'ensemble, je lui étais reconnaissant de renouveler mes vaccins contre l'emballement. Cela n'empêchait pas mon cœur désœuvré d'exiger, à l'occasion, sa dose de quelque chose qui, en moi, n'avait plus de nom.

Nous en étions ainsi arrivés à former, ensemble, une sorte de précipité chimique que notre complicité portait vite à ébullition. Elle me comprenait absolument. Et je la comprenais absolument. Cette modalité de nos êtres et de leur combinaison rapide n'était ni bonne ni mauvaise. Elle était. Jamais, je ne m'étais senti moins seul.

Blanche pouvait désormais me prolonger, m'éclairer, me manipuler à sa guise. Je me laissais faire. J'aimais, en sa présence, tout abdiquer. Et je suppose, aujourd'hui encore, qu'il m'aurait fallu remonter très en amont le cours de mon passé pour y trouver l'origine des sentiments confus qui n'attendaient, en moi, que de s'incarner à travers elle.

– 45 –

Il y avait eu, aussi, cet appel de Cornelius. Voix tremblante. Paroles entrecoupées de hoquets. Souffle court et trahissant une émotion intense :

« Je dois te voir… Chez toi, vers minuit ? Je préférerais que tu sois seul. »

Je pressentais, au choix :

1/ Une complication de cœur (la serveuse d'une trattoria l'aurait fait souffrir – mais, dans ce cas, cet homme qui n'avait jamais souffert, aurait été passionné par une sensation pour lui inédite)

2/ Une révélation (mon ami aurait enfin compris que Nancy Cunard n'était pas sa *grandma* – mais ne l'avait-il pas toujours su ?)

3/ Une décision d'importance (« je voulais te faire mes adieux avant de quitter l'Europe » – car Cornelius avait un faible pour ce genre de dramatisme qu'il confondait volontiers avec de la profondeur).

Rien de grave, en tout cas.

Puisque la gravité appartenait à un monde que Cornelius ne fréquentait pas.

À l'heure dite, il sonne à ma porte.

Allure des grands soirs : veste parme ; pieds nus dans des mocassins de daim assortis, pochette rose et mauve, comme un bouquet mousseux.

Avec, toutefois, un visage retroussé et inhabituel. Comme s'il avait croisé le diable en chemin. Ou : comme si un fondé de pouvoir dépêché par le *board* de la Cunard Ltd venait de lui signifier que sa famille avait décidé de lui couper les vivres.

Ce qui le troublait ?

L'affaire est amusante :

La veille, au bar de son hôtel, il avait revu le couple de Milanais pour lequel il m'avait abandonné quelques mois plus tôt après notre pèlerinage dans l'île Saint-Louis. Des relations d'ici et de là, toujours croisées dans des palaces, sympathiques, cosmopolites et, avait-il précisé, « reçus dans les meilleurs cercles ».

Lui, quinquagénaire séduisant et affûté, banquier, proche du Vatican, sans doute membre de l'Opus Dei ou de quelque loge conservatrice. Elle, avenante, pieuse, sensuelle, probablement trop sage pour ses trente ans, et impliquée dans des entreprises de haute moralité.

L'hiver précédent, lors d'une réception à Rome, Cornelius, toujours à l'affût d'un plaisir neuf, avait été, de son propre aveu, sensible au potentiel érotique de cette femme. Il avait même « tenté quelque chose » (ce qui, dans sa langue, signifiait qu'il était allé assez loin dans ses propositions) avant de comprendre que cette créature sexy, qu'il avait cru disponible, était, hélas, tristement raisonnable et fidèle.

Où tout cela pouvait-il bien nous mener ?

« Attends, tu vas comprendre... »

En effet, j'allais comprendre.

Car ces deux Milanais de bonne compagnie lui avaient rapporté, d'une seule voix, avec des haut-le-cœur et une indéchiffrable lueur au fond de la prunelle, qu'on les avait invités, deux jours plus tôt, à Paris, à une *party* d'un genre très particulier.

Cornelius prit un air entendu :

« Très particulier... Tu vois ce que je veux dire ?

— Non, pas vraiment, tu vas m'expliquer... »

Et, en répondant ainsi, j'étais presque sincère.

« Enfin... Une *party* avec des hommes, des femmes, des lumières tamisées, une ambiance assez *hype*...

— Un night-club ?

— Mais non, voyons... *Un' orgia* ! »

L'italien, qu'il parlait aussi bien que le français, lui avait permis de mettre à distance l'objet de son indignation, de le décontaminer, de l'assigner sur un territoire étranger et éloigné. Il m'avait pourtant fallu admettre que Cornelius disposait d'un vocabulaire (et d'un imaginaire) plus étendus que je l'aurais cru. J'étais intrigué...

« Ah, oui, et alors ? »

Les Milanais, paraît-il, ne s'attendaient pas à ce qu'ils avaient découvert cette nuit-là. Ils avaient été très choqués et s'étaient empressés de déguerpir… L'épouse du banquier, surtout, était indignée. Elle avait perdu le sommeil. Il avait fallu faire venir un médecin pour la calmer. Son époux n'excluait pas de porter plainte et il ne l'avait pas encore fait par crainte d'un scandale possible. À Rome, ses ennemis et rivaux n'attendaient que ça pour l'écarter d'affaires importantes.

« Désolé pour tes amis, avais-je repris, mais ils devraient savoir que ces soirées particulières ont toujours existé. Pas de quoi s'affoler. On peut même s'y amuser, crois-moi… Tu as d'autres détails ? »

Précisément, il en avait.

La *party* ? Cornelius m'apprit bientôt qu'elle s'était tenue dans une belle maison, à Paris.

« Où, plus précisément ?

— Villa Montmorency… »

On le sentait triomphant et tourmenté. Les choses, soudain, se précisaient.

« … N'est-ce pas là qu'habite Blanche lorsqu'elle est à Paris ? » ajouta-t-il d'une voix qui se voulait froide.

Il estimait peut-être que cette information, qui n'en était pas une, ne manquerait pas de m'embarrasser.

Je devais faire face. L'inévitable explication qui allait s'ensuivre m'ennuyait par avance.

Il fallait encore que j'en aie le cœur net.

D'abord au sujet de l'épouse indignée.

« Elle se prénomme Stefania… »

Cornelius m'avait lancé ce prénom comme on lancerait des dés. C'était au destin, maintenant, de décider sur quelle face ils s'arrêteraient. Il ne se doutait pas, je pense, que je connaissais bien cette femme dont la sensualité, précisément, ne m'avait pas laissé indifférent.

« Stefania, vraiment ?

— Oui, Stefania… Tu connais une Stefania ? »

Cette Stefania pieuse, choquée, insomniaque et prix de vertu était donc celle qui m'avait aimablement sollicité, avant de s'abandonner à plusieurs hommes, dont moi-même, sous les yeux d'un époux banquier qui ne voulait rien perdre du spectacle, quitte à « porter plainte » dès le lendemain.

Chère Stefania…

Je la revis, mentalement, dans l'antichambre, en train de repeindre ses lèvres. Pourquoi, elle et son mari, avaient-ils eu besoin d'évoquer cette soirée devant Cornelius sans oser assumer leur inconduite ? Voulaient-ils le tester ? Voir si cette *orgia* pouvait intéresser mon ami ? Il me faudrait, bien vite, parler de tout ça à Blanche – qui allait certainement accueillir ces indiscrétions avec son plus bel éclat de rire.

Blanche, précisément.

Il ne manquait plus que son nom.

Et, naturellement, Cornelius le prononça…

« Crois-tu que Blanche…

— Tu sais, il y a plusieurs maisons dans la Villa Montmorency…

— Certes, mais il n'y en a qu'une, je crois, qui possède une grande volière remplie d'oiseaux exotiques.

— Pourquoi me parles-tu d'une volière ?

— Parce que mes amis l'ont mentionnée. Ils m'ont dit : "Des gens faisaient l'amour devant une grande volière." À partir de là… »

Il ne lui restait plus qu'à porter le coup fatal :

« Savais-tu que Blanche organisait ce genre de soirées ? »

Réflexe d'ancien diplomate : j'envisageai de tout nier, en bloc, en affichant la gamme complète des expressions allant de la stupeur à l'acquiescement, mais sans omettre de suggérer, dans le même temps, que l'inverse de ce que j'affectais d'exprimer n'était pas exclu.

Cornelius insistait :

« Serait-il possible qu'elle organise de telles soirées sans t'en parler ?

— Mais d'où tiens-tu qu'elle ne m'en parle pas ? »

Cornelius était chancelant.

On aurait dit qu'il venait d'être foudroyé.

« Tu savais donc !

— Oui, bien sûr…

— Et tu…

— Oui, il m'arrive d'y participer…

— Tu ne m'en as jamais parlé…

— En effet, j'aurais pu te tenir au courant… Mais, vois-tu, on ne parle pas trop de ce genre de choses…

— Non, je voulais dire que tu…

— Oui, je faisais partie des invités.

— Pourquoi toi et pas moi ?

— Je l'ignore. Tu devrais le demander à Blanche. Après tout, vous êtes des amis intimes…

— Je suis troublé et vexé.

— Allons, je t'en prie… Tu m'as dit toi-même que Mme de N… était libre, terriblement libre.

— Cette femme m'ignore… Qu'ai-je donc fait pour lui déplaire à ce point ?

— Allons, elle t'aime beaucoup, tu le sais. Et ça ne mérite pas de te mettre dans cet état… »

Il se leva, fit quelques pas dans la pièce, ouvrit une fenêtre, respira profondément avant de se retourner et de me faire face. Le *wasp* désinvolte s'était soudain effacé derrière une sorte de buffle semblable à ceux que ses ancêtres chassaient dans le Middle West. Comme s'il avait voulu me faire comprendre qu'il était prêt à se battre.

« Autant te l'avouer, je crois que j'aime Blanche… Que je l'aime terriblement… Je peux tout lui pardonner… Mais personne ne pourra me la prendre. »

Il me regardait, épouvanté, perdu, menaçant. Et, en même temps, je le sentais curieusement satisfait.

« Oui, j'en suis certain, je l'aime, reprit-il. C'est la première fois que je suis amoureux… Enfin ! Cela dit, personne ne m'avait prévenu…

— De quoi ?

— Personne ne m'avait précisé que, dans l'amour, le bonheur et la tristesse pouvaient se mélanger… »

Cornelius venait de faire ses premiers pas dans la zone des passions.

Et il s'y était engagé, sans le savoir, grâce à une femme qui ne s'intéressait pas vraiment à lui.

De cette femme, il avait fait une créature céleste alors qu'elle n'était qu'un assemblage de vices et de débauches.

Il l'avait juchée sur un piédestal lumineux alors qu'elle ne se plaisait que dans l'obscurité.

Ainsi vont certains sentiments qui sont les derniers alchimistes capables de transformer le plomb en or.

Et la boue en diamant.

J'aurais pu lui demander d'où venait sa tristesse et d'où venait son bonheur.

Tout compte fait, cela m'était indifférent.

Cornelius, c'était évident, était amoureux fou de Blanche.

Un amour vrai. Absolu. Une machine à idéal que rien, même la plus cruelle des vérités, ne pourrait dérégler avant longtemps.

Et ce qui me troublait dans un amour de cette intensité presque primitive, c'est qu'il disqualifiait les atermoiements du mien.

Cornelius s'endormit bientôt.

Je m'étais assoupi, moi aussi, devant les fenêtres ouvertes sur un Palais-Royal immobile sous la lune.

La nuit était pleine d'infini.

– 46 –

L'asphalte est brûlant.

Un quartier toxique. Avec rabatteurs, touristes, épaves, buveurs de bière, et créatures en équilibre précaire sur des hauts talons.

J'ai toujours détesté cette rue de Ponthieu.

Des effluves de crasse nocturne stagnent dans l'air immobile. Le Flamant Rose se trouve au fond d'une cour décorée de trompe-l'œil figurant un paysage africain. Girafes, chameaux, palmiers de néon. Une affiche épinglée sur un panneau de velours brûlé indique les horaires des tours de chant et des numéros de strip-tease.

J'hésite. Je prends l'air d'un habitué. J'entre. Je demande « Monsieur Emil » à un cerbère massif :

« Monsieur pas là…

— Il va revenir ?

— Sais pas… Personne sait… »

J'attendrai. Ça ne m'ennuie pas d'attendre. Pas du tout. Je ne déteste pas le vieux cuir sale de ce bar. Ni ses lumières criardes. Ni ses relents d'alcool tiède. En fond sonore, une vieille chanson russe.

Je ne suis ici que pour Blanche. Pour ma Blanche divine, vicieuse, jouisseuse. Ma Blanche incompréhensible dont j'aimerais tant être aimé, et qui me glisse entre les doigts. Blanche que je hais parfois, et que parfois j'adore. Dont je m'éloigne, ces derniers temps, sans me l'avouer. Mais auprès de qui je rappliquerais en une seconde si elle me sifflait ou claquait des doigts.

Je suis ici pour lui prouver qu'elle n'en trouvera jamais deux comme moi. J'y mettrai s'il le faut toute ma passion évanouie. Elle a envie de cette fille ? Alors, je lui rapporterai cette fille.

Un cadeau d'adieu.

Qui parle d'adieu ?

En amour, pour le peu que j'en sais, on ne se dit jamais adieu.

Blanche, elle, a quitté Paris. Elle est déjà dans sa maison du Cap Masullo. Je l'imagine dans son salon posé sur la mer. Sur son fauteuil de chef inca. Sur le banc de Lénine. En train de contempler la splendeur de la baie. Une brise légère et pure caresse ses cheveux. Elle a confiance en moi. J'aime qu'il en soit ainsi. Je vais m'installer dans un coin du Flamant Rose. On me proposera une bouteille de champagne. Je repère les lieux.

Autour du comptoir, des filles, quatre ou cinq, juchées sur leurs tabourets. Certaines semblent épuisées. D'autres sont encore pimpantes. Elles croisent et décroisent des jambes dont on devine la blancheur sous les bas de résille. Elles bavardent avec des clients qui épongent leurs fronts en riant.

L'une d'entre elles, la plus gracieuse, la plus jeune, s'approche de ma table et tente sa chance. Elle a un air d'enfant perdu. Est arrivée de Bucarest quelques semaines plus tôt. Avec ses petits cheveux décolorés coupés très court façon Jean Seberg ou Audrey Hepburn. Une créature adorable. Douce, probablement. Pas du tout sexuelle. Oui, oui, elle peut commander une autre bouteille de champagne si ça lui fait plaisir. Elle me sourit : « Toi, gentil… Une bouteille, dix minutes avec toi… Après, autre bouteille… » Chaque mot, dans sa bouche, rend un son de musique tsigane. Je lui explique que j'attends Emil… Une affaire importante à régler avec lui…

« Tu fais venir des filles, toi aussi ?

— Non, non, ce n'est pas mon métier…

— Et c'est quoi ton métier ?

— Je n'en ai pas.

— Tu es un chômeur ? »

J'explique. Elle a l'air intéressé. Pour elle, un homme qui ne travaille pas est soit chômeur, soit trafiquant de filles. Elle a fait des études. Elle est ambitieuse. Elle veut aller loin. Le Flamant Rose n'est qu'une première et pénible étape dans sa vie. Ce qu'elle aimerait faire ?

« Je ne sais pas… Quand je rêve, je suis dans un jardin… J'admire l'homme… Je range maison… Le bonheur… Pas pour moi…

— Tu as déjà été heureuse ?

— Oui, petite, en Roumanie… Quand mon père était chauffeur d'une femme qui ressemblait à impératrice Zita… »

Puis elle s'éloigne. Une moue irrésistible. Les hommes vulgaires et avinés qui patrouillent dans les boîtes de la rue de Ponthieu vont se jeter sur elle à la première occasion, et ça me peine. Qu'a-t-il manqué à cette gracieuse pour faire partie des Heureux du Monde ? Mystère d'iniquité. Pourquoi les dieux inexistants se divertissent-ils en distribuant du malheur au hasard ? En d'autres circonstances, qui sait, je lui aurais peut-être demandé de me raccompagner jusqu'au Palais-Royal ? Aurait-elle accepté ? Je me souviendrai de son prénom : Irina.

– 47 –

Vers une heure du matin, Monsieur Emil fait son entrée.

Il est tel que Blanche me l'avait décrit : tête de canaille, pâleur, allure moite.

Il me regarde, méfiant.

Je prendrai ici le parti de raconter ce qui s'est effectivement passé.

Un rapport. Une déposition. Rien de plus.

Voici les conclusions auxquelles nous serons parvenus quand, trente minutes plus tard, j'aurai quitté le Flamant Rose.

Pendant ces trente minutes, il y avait eu …

1/ Le visage atroce, presque putrescent, de Monsieur Emil. Son veston croisé trop chaud pour cette nuit d'été. Son fume-cigarette en écaille bien calé entre deux dents verdâtres. Ses yeux terriblement porcins. Ses mains constellées de fleurs de cimetière. Les vampires ne devaient pas manquer dans son ascendance des Carpates.

2/ Sa façon suspicieuse de me demander : « c'est à quel sujet ? » quand je m'approche de lui. De me faire répéter deux ou trois fois chaque phrase. De jouer l'important (« qui vous a donné mon nom ? Oui, qui ? »). Sa façon, enfin, de se radoucir dès qu'il comprend que mes intentions sont pacifiques, que je ne suis pas une « huile des Stups ou de la Mondaine », et que je viens seulement lui demander une faveur.

3/ L'empressement avec lequel il se fait plus aimable et me conduit dans son bureau (une pièce sans fenêtre, sinistre, puant l'ail et la cendre froide) dès que je prononce le nom d'Angie.

4/ Son air radouci, soudain cauteleux et calculateur, à l'instant où il réalise que je viens de la part de Mme de N... « Ah, Madame Blanche, comme c'est amusant ! Nous nous sommes croisés, récemment... Chère Madame Blanche ! Une vieille connaissance... Une grande dame... Quelle beauté, hein ? Une fête, à Rome ou à Naples, il y a quelques années... Ah, ça ne me rajeunit pas ! »

5/ Sa manière de me raconter, en passant, ses liens avec Blanche : « Oui, ne vous inquiétez pas, je connais ses habitudes ! Ses soirées ! Quelle audace, hein... Pas plus tard qu'il y a quelques jours, j'y ai conduit ma petite Angie... Oh, je n'étais pas invité, moi, je n'ai plus l'âge... J'étais juste le chauffeur... D'ailleurs, ça ne serait pas vous que j'ai vu, non? Devant la grille du parc… Vous n'aviez pas l'air très frais… Faut dire, ça doit être fatigant, hein, ce genre de soirées… »

5/ Son sang-froid, sa lèvre retroussée comme une babine, quand, enfin, nous entrons dans le vif du sujet: « Ainsi, Madame Blanche aimerait revoir mon petit trésor? Notez bien que ça ne m'étonne pas… C'est que cette Angie, hein, elle s'y connaît pour faire tourner les têtes… Elle est irrésistible… Un ange… J'ai vu tout de suite qu'elle serait ce qu'elle est… C'est pour cela que je l'avais baptisée Angie. Sa mère voulait l'appeler Sissi, comme Romy Schneider, mais j'ai tenu bon… Ça sera Angie, et rien d'autre! De toute façon, Angie c'est mieux, vous ne trouvez pas? Et vous, vous venez jusqu'ici pour… Très intéressant! »

6/ Son attendrissement devant la psychologie de son « petit trésor »: une fille admirable, courageuse, si soucieuse de sa famille restée au pays… Et sensible avec ça, car « elle s'attache, Angie, voyez-vous, elle aime le sentiment… » Avec elle, « papa Emil » se moque bien de l'argent, il veut « juste le bonheur » d'Angie… Non, non, elle ne met jamais les pieds au Flamant Rose, c'est pas son niveau… Ici, c'est pour celles qui arrivent, elles font un stage, elles s'habituent à la clientèle… Angie, elle, ça a été tout de suite les hôtels de luxe et les villas au soleil… »

7/ Il y a pourtant, et aussitôt après la proclamation de son désintéressement, le moment de vérité, quand la négociation entre dans le dur. Le misérable pose sans tarder la question décisive : « Quel type de défraiement envisagez-vous ? » Je le rassure. Mme de N… est très riche. Il le sait. S'en réjouit. « Il faut bien que la petite pense à son magot, on ne sait jamais… »

8/ Pour finir, il me promet de s'en entretenir bientôt avec Angie. « Restons en contact… » Oui, c'est ça, restons en contact… Il doit me rappeler au plus vite. Et me raccompagne jusqu'à la porte du Flamant Rose où l'ambiance a monté de plusieurs degrés. J'aperçois Irina en grande conversation avec un homme graisseux et sanguin qui chante « Kalinka, Kalinka… »

9/ Pour finir, il y a ce moment parfaitement répugnant, quand Monsieur Emil et moi prenons congé : « Ne m'en veuillez pas de préciser les choses, cher ami… Vous savez, Angie est ma fille… Et, en tant que père, je ne veux que son bien… »

Cette dernière phrase m'écœure. J'avais déjà rencontré des pères de cette espèce dans les romans de Balzac, de Schnitzler, de Sade ; mais lui, c'est encore plus ignoble. Quant à cette Angie, franchement : elle ne doit pas être très intéressante pour se soumettre ainsi. Une petite pute sans doute très belle – et après ? Blanche sera déçue, ah ça elle sera déçue ! Une fantaisie de quelques heures. De quelques jours peut-être. Si j'arrive à l'amener jusqu'à Capri, elle me demandera bien vite de la raccompagner au port, Fulvio la reconduira jusqu'à Naples avec son *motoscafo* et, de là, elle disparaîtra pour toujours. La brièveté imaginée de cet épisode me rassure.

Tandis que je m'éloigne dans la rue de Ponthieu, j'entends qu'on me hèle : c'est Irina, la jeune fille Seberg-Hepburn aux cheveux blonds très courts. Elle m'a vu partir et ne veut pas qu'on se quitte sans un mot affectueux. Elle me fait promettre de la revoir, un jour ou l'autre, et me donne son numéro de téléphone sur un bout de papier. Elle le fait discrètement, car le cerbère la surveille et a sans doute la consigne d'interdire toute relation directe entre les filles et les clients. La revoir ? Pourquoi pas. Nul ne sait jamais, dans la vie, jusqu'à quel point il peut supporter d'être seul.

– 48 –

« *Nous ne cessons de recevoir des plaintes...*

— De qui ?

— *Toutes sortes de gens... Une jeune wagnérienne qui t'a croisé à Ravello, ton père défunt, une certaine Stefania... Et même l'immarcescible Louis Aragon...*

— Mais de quoi se plaint-on ?

— *Ces gens, honorablement connus, qu'ils soient vivants ou défunts, ne sont pas du tout satisfaits de se retrouver dans tes souvenirs plus ou moins pornographiques...*

— S'ils y sont, qu'y puis-je ? Comment devrais-je m'y prendre pour congédier un souvenir ?

— *Tu n'as qu'à changer de mémoire, ça se fait de plus en plus... D'ailleurs, ça te ferait le plus grand bien... Ces derniers temps, on te trouve désabusé en Haut-Lieu, et languissant, et errant...*

— Je le suis, en effet... On est toujours dans cet état quand l'illusion d'amour s'éloigne et qu'on retrouve, si terne, la vie sans émotion. La nuit, il m'arrive de rêver que je cours au bord d'un précipice. Un faux pas, une glissade, et je tombe dans le ...

— *Allons, allons, c'est le rêve classique de ceux qui viennent de perdre leur père... Ils n'ont plus de parapet, plus de rempart, même pas une petite balustrade... Rien, désormais, ne les sépare de... Bref, ils peuvent enfin tomber dans nos bras ...*

— Je n'aurais jamais cru que mon père ait pu avoir quelque influence sur ma façon de rêver.

— *On t'a également surpris, rue de Ponthieu.*

— Oui, j'allais au Flamant Rose. Il était temps, je crois, de faire un beau cadeau à ma chère Blanche.

— *Un cadeau?*

— Que voulez-vous, je sens bien qu'elle se lasse un peu de moi. Nous sommes à la veille d'un bel été... Cette Angie lui a plu... Alors, pourquoi ne pas la lui rapporter?

— *Comme un petit chien, tu rapportes...*

— Je vous l'ai déjà dit: cette femme m'avait donné l'envie de me soumettre...

— *Était-ce donc si satisfaisant, pour toi, d'occuper la place de son époux défunt?*

— Orphée ne devait pas regarder Eurydice, et moi je ne devais pas posséder Blanche... En revanche, en étant son amant par la main, son amant par le regard, je pouvais nouer avec elle des liens plus solides, moins provisoires ...

— *On te sent mélancolique.*

— Hélas, je le suis... J'ai adoré ma servitude... Pour un peu, je la pleurerais.

— *Eh, là ! Tu vas trop vite ! Hier encore, c'était la passion, l'émoi, la vibration sacrée, et puis, d'un seul coup, le presque rien… Est-ce bien sérieux ?*

— J'ai voulu aimer Blanche, et j'y suis parvenu… Mais je n'avais pas prévu son désamour à elle.

— *Décristallisation ?*

— Quelque chose comme ça, oui… Le voisin de cimetière de mon père n'avait pas étudié ce decrescendo…

— *Mais qu'est-ce qui, entre vous, s'achevait ?*

— Ce qui s'achevait, en vérité, ressemblait beaucoup à ce qui, pour elle, n'avait pas vraiment commencé.

— *L'amour ?*

— Vous savez bien que je fais toujours un très mauvais usage de ce mot compliqué… Mais, en effet, ce qui s'achevait, chez elle, aurait pu se nommer ainsi.

— *Ça te plaisait de lui faire ce genre de cadeau ?*

— C'était intéressant.

— *Au fond, Blanche préférait que tu lui rapportes des femmes…*

— Blanche aimait la beauté et la sauvagerie quel qu'en soit le sexe. C'est là une preuve de grande sagesse…

— *Avant de te rencontrer, Blanche avait-elle recours aux services d'un autre complice ?*

— Je ne saurais le dire, et je n'ai jamais osé le lui demander. Il y avait eu son mari, bien sûr. Puis Zita, peut-être… C'est à vous de me l'apprendre puisque vous savez tout.

— *Nous ne sommes autorisés à te révéler que ce que tu sais déjà.*

— Soit…

— *Mais changeons de sujet : qu'attends-tu de l'été qui revient ?*

— Une renaissance, comme d'habitude. Avec des promenades sur le *Nancy*, des baignades dans l'eau brûlante, un splendide Ferragosto…

— *On nous a dit que tu envisages d'écrire un livre ?*

— Oui, ça me tente… Je connais un éditeur qui me garantit l'anonymat.

— *Et tu as la naïveté de le croire ?*

— Ai-je le choix ?

— *Mais pourquoi avoir attendu vingt ans avant de t'y mettre ?*

— Allons, vous le savez bien !

— *Nous t'écoutons …*

— Eh bien, voici qui ne vous surprendra pas : j'ai l'impression que la mort rôde… Qu'elle est même entrée dans mon corps, précisément, au cours de cette année-Blanche…

— *Il faut bien qu'un jour ou l'autre, la mort – donc nous-même… fassions notre "entrée" dans le corps des humains, non ?*

— Vous auriez pu choisir un autre moment pour amorcer ce processus d'usure et destruction. Un moment plus terne, plus triste… Mais avoir choisi l'année de mon plus grand bonheur, franchement…

— *En effet, on nous a souvent conseillé d'exploiter les circonstances de faible intensité… Mais, que veux-tu, en tant que mort, nous avons le droit de n'en faire qu'à notre guise... Et nous adorons nous faufiler dans le sillage des émotions fortes...*

— Mais qui êtes-vous pour avoir accès aux secrets de la mort ?

— *Mais on vient de te le dire...* »

– 49 –

J'avais attendu son coup de téléphone pendant toute une semaine.

Blanche s'impatientait. Elle avait déjà pris ses quartiers d'été dans l'Île Magique. J'avais bien compris que je la perdrais à jamais si je ne lui ramenais pas la petite pute Angie.

Finalement, Monsieur Emil m'appela.

Une voix spécialement détestable et molle. Très accordée à son apparence vampirique. Une voix blême. Parcourue de gloussements. Il n'est pas impossible que cet Emil surclasse en infamie physique et morale, en moiteur sonore, la plupart des spécimens humains susceptibles d'inspirer les plus grands dégoûts.

« Allô, c'est Emil, vous vous souvenez ? Bon, je me suis renseigné… Ah, mais croyez pas que c'était facile, hein ! Je lui ai parlé… Il y a eu des refus, et puis j'y suis allé franchement, parce que vous m'êtes sympathique… Si, si, je vous assure… Sympathique… Enfin je veux dire qu'avec vous on peut parler affaires en toute confiance… Je lui ai dit, bon, cher petit ange, c'est ton père qui te parle, Madame Blanche est une grande dame, la vraie classe, elle te facilitera les choses, réfléchis bien… Et mon petit ange a réfléchi, comment ça s'est passé dans sa tête angélique, ça, je pourrais pas vous dire… Mais elle accepte de bavarder avec vous… Faudra être délicat, hein ! Car mon Angie, c'est la délicatesse même… Une princesse… Et si fière avec ça ! Faut savoir la prendre ! Je vous dis ça, mais c'est pas une allusion à je ne sais quelle cochonnerie, hein… Bon, je compte sur vous… Elle accepte pas toujours, vous savez… Elle a ses têtes, Angie, elle a toujours été comme ça, une princesse, depuis petite elle est comme ça… Pour moi, ce sera à votre convenance… Enfin, à votre convenance, c'est façon de parler… Mais Madame Blanche connaît les tarifs de ma profession, non ? Ce n'est pas une affaire d'argent… Vous l'avez compris, n'est-ce pas ? Mais on a des frais, ma foi, et puisque tout se passe si bien entre nous, on ne va pas gâcher ça, hein ? Alors, dès que vous me réglez, et si ce règlement me satisfait, je demande aussi sec à Angie de vous téléphoner, et je me retire sur la pointe des pieds… Bien entendu, je reste à la disposition de Madame Blanche… »

Avant de raccrocher, il me souhaita un bel été.

Et rajouta ceci :

« On m'a signalé que vous-même… enfin… je veux pas me mêler de ce qui ne me regarde pas… Enfin que… vous portiez un petit intérêt à l'une de mes protégées… Une certaine Irina… Oui, Irina, une fille avec des cheveux blonds très courts… Une bonne personne… Travailleuse, très saine, honnête… Et qui aurait bien besoin de vacances elle aussi. Vous lui manquez, à ce qu'elle raconte à ses copines. Je ne savais pas que vous vous fréquentiez, mais si vous voulez, je pourrais faciliter les choses… Je vous l'ai dit : j'ai de la sympathie pour vous… »

Notre conversation avait duré moins de trois minutes.

Le soir même, je lui faisais porter la somme d'argent qu'un avocat de Blanche tenait toujours en réserve pour ce genre de transaction.

Peu après, Angie me téléphonait.

Nous échangeâmes une vingtaine de mots.

Rendez-vous fut pris pour le lendemain, à minuit, au bar du Meurice.

– 50 –

Ça fait peur, voyez-vous, de se prendre soi-même en filature, de se suivre en pleine nuit, d'observer l'allure de l'homme qu'on est devenu sans que rien ni personne en ait décidé, ça fait peur d'escorter cet individu terriblement distinct de celui qu'on était, avec qui on croyait ô oui faire équipe jusqu'au bout et qui par négligence par orgueil allez savoir s'est perdu dans les couloirs du temps. Alors, puisque c'est ainsi, celui que j'étais observe. Il observe l'autre moi né de lui-même, le plus âgé, qui appartient par définition à son avenir, et qui sort du Flamant Rose, s'avance dans la rue de Ponthieu encore brûlante sous la lune d'été. Il observe son moi d'après qui marche, hésite, marche, qui ne sait de qui de quoi il a envie, qui parle à une fille qui ressemble à Audrey Hepburn, à Jean Seberg, pour un peu il finirait sa nuit avec elle tant il est en vrac cet individu oisif et nocturne – et, après tout, pourquoi pas cette fille, il en a tant fait et vu et connu depuis ses aventures vicieuses avec Blanche, depuis toutes ces chics cérémonies, orgies, *folies*. Il ne regrette rien, notez bien, ne se plaint pas, non, vraiment, car il les a bien appréciés ces mois sexuellement luxueux qui ont été, je l'assure, des sommets de plaisir tels que peu de débauchés en connaissent au cours de cette vie qui dure moins longtemps qu'un oursin ou un cyprès. Des mois pourtant vrillés, et même gâchés au final, parce que trop pleins de répétitions, de plaisirs prévisibles, d'épidermes sans lendemain, de bouches que veux-tu, des mois pour tout dire tellement vides de ce qui fait la joie. Blanche a pris les commandes de ces saisons, elle a décidé, tutoyé, organisé, offert, exigé, car elle a des désirs compliqués, et il faut bien, quand le caprice s'y met, lui ramener ce qu'elle souhaite, des hommes parfois, des innocentes parfois, ou des petites putes, ou des rousses blondes brunettes de hasard qu'elle oubliera même de baiser, qu'elle installera, qui sait, dans une chambre de la Villa Montmorency ou dans une chambre capriote face aux Faraglioni, une proie qu'elle abandonnera là parce qu'elle a mieux à faire jusqu'au jour où la fille s'en ira, ah tu étais là chère innocente jolie petite ? On ne m'avait rien dit je t'assure, combien je te dois, bon, à bientôt, laisse ton numéro à Zita avant de partir, tu entends Zita, sois généreuse avec l'innocente, avec la petite, tu lui fais un cadeau, n'oublie pas… Cet homme-là, toujours dans la rue de Ponthieu, cet homme d'après, si je l'avais rencontré pour de vrai, s'il avait été possible que mon moi d'il y a vingt ou trente ans se retrouve nez à nez avec lui, et l'identifie comme un lui-même de plus tard accouché par l'avenir, je crois bien que ce moi et ce lui-même se seraient mal jugés l'un l'autre, le plus âgé aurait vomi devant les illusions du plus jeune, et celui-ci aurait réciproquement refusé de serrer la main à celui-là, ou de lui donner des conseils comme un voyageur peut donner des conseils à un autre voyageur qui a fait ou fera le même chemin. L'homme qui sort du Flamant Rose, ça se remarque tout de suite, est clairement plus usé que le double qui l'observe depuis la porte cochère ombreuse de son passé. Ses gestes se sont alourdis. Il a renoncé à entreprendre. N'accorde plus d'importance à rien. Quelque chose d'essentiel – l'envie ? l'audace ? le sentiment ? l'ardeur ? le désir ? – s'est éteint en lui. De loin, passe encore, ça fait cosmopolite ou Heureux du Monde façon Slim Aarons, ou élégant mondain fréquentable, mais de près c'est plus âpre, là on flaire l'individu moralement défait, le mécontent de lui, le sans projet soumis, inutile à ses propres yeux – on dirait, on jurerait, on tiendrait pour acquis, que l'existence lui a froissé l'âme. Entre l'un et l'autre, un abîme. Avec désarroi masqué par la course folle vers va savoir quoi. Dans cette course, Blanche le précède et l'aspire et l'entraîne. Il a pourtant l'âge où on se dit, bon, il me reste quoi, une trentaine d'années de bonne vie en principe, ou moins si ça se complique à cause d'un trépas impatient, et il se demande quel usage il conviendra d'en faire. Aimer ? Il ne sait pas, on ne lui a jamais appris, ça l'ennuie par principe. Une famille ? N'en a jamais eu. Enfin, il a eu un père mais c'est sans importance, aucune névrose ni désir de revanche en provenance de cette zone-là. Métier ? Il a essayé, consulat, ambassade, tralala, pas son genre. Alors, il s'est retrouvé sur le trottoir de la rue de Ponthieu, sans aucune obligation, sans aucun compte à rendre à quiconque. Sa vie ? Il se réveille souvent aux côtés d'une femme, rarement la même, qui a dû lui plaire mais qui ne va pas lui plaire durablement. Il surveille les bassins du Palais-Royal, déjeune seul, passe des heures à regarder les gens autour de lui avec leurs ambitions et leurs vies normales, il les envie, il les plaint, il se console. Dix fois, vingt fois, il a envisagé d'écrire un petit ouvrage qui aurait fait bouquet de quelques épisodes remarquables, mais il a aussitôt renoncé. Plus que le talent, l'énergie et l'aplomb lui manquent. Le temps l'a affaibli. Il attend. Aimerait bien savoir quoi. À ceux qui s'étonnent, il suffira de dire que la vie de cet homme-là, contre toute attente, a bifurqué une nuit d'août, voici moins d'un an, quand il a rencontré une femme dont la robe était terriblement fendue et qui portait des bracelets des poignets jusqu'aux coudes. Une femme qui s'asseyait d'une façon que les autres n'avaient pas. Et, depuis, il forme avec elle un couple qui impressionne. Il n'est pas son amant mais il la surveille quand elle jouit, ils sont contents comme ça. Ancien diplomate, il représente maintenant une nation influente, la nation de Blanche, très puissante par l'argent, une nation avec beaucoup de divisions, beaucoup de pouvoir social. On sollicite son entremise, sa protection, il rend des services, s'occupe comme il peut. Il en profite. En renonçant à sa carrière il s'est délibérément offert à un despote qui n'abuse jamais de sa toute-puissance. Il est devenu semblable à l'animal très domestique dont la chaîne est si longue et si invisible qu'il se croit libre. Il est vrai que la liberté, par elle-même, ne lui est jamais apparue comme impérieusement désirable. Et il comprend mal ceux qui, individus ou peuples, sont si prompts à mourir pour ne pas en être privés. Blanche pense comme lui. Le plus souvent, ils se retrouvent le soir pour dîner chez elle ou en société. Ils font des plans, des manœuvres, des voyages, des trafics. Blanche, le soir, est d'une insoutenable beauté, ce qui facilite leurs conquêtes dont, parfois, ils ne font aucun usage. En cette fin du mois de juin, dans un Paris suffocant, il s'estime au fond bien traité par la vie, même en négociant avec des misérables comme ce Monsieur Emil. Il est là pour faire plaisir à Blanche voilà tout. Il imagine le moment où il l'entendra gémir de plaisir sous les baisers de la fille aux chevilles de pur-sang dont elle avait tant envie et qu'il doit lui ramener. La jouissance future de Blanche fait déjà la moitié de la sienne. Il savoure par avance sa gratitude. Elle sera douce comme un morceau de sucre.

– 51 –

Angie s'en était tenue à un registre pratique, professionnel, cynique. Questions brèves. Froidement immorales. Pas l'ombre d'un affect. Il fallait, sans plus, préciser :

1/ le montant de ses honoraires

2/ la durée de son engagement

3/ la nature de ses prestations

4/ les goûts particuliers de celle qui souhaitait la revoir.

De la *realpolitik* appliquée aux affaires de sexe.

Pas nécessaire d'en rajouter.

« Devrai-je aussi coucher avec vous ? m'avait-elle demandé en avalant une gorgée du Bellini qu'on venait de lui servir.

— Non, hélas, avais-je dû répondre, je ne fais pas partie de votre cahier des charges … Plus tard, une autre fois, on ne sait jamais… Si vous en avez envie, bien entendu… »

Elle m'avait alors adressé un regard vaporeux qui aurait pu, aussi bien, signifier « tant mieux » que « je le regrette ».

Cette façon de ménager l'avenir tout en affirmant qu'il ressemblerait au présent m'avait paru digne, à tout le moins, des grandes courtisanes – ou des grands négociateurs.

« Ça tombe bien, je préfère les femmes… »

Elle avait prononcé cette dernière phrase sur le ton péremptoire de qui veut assigner son interlocuteur à une espèce qui n'est pas la sienne.

Pour l'instant, les choses étaient donc claires.

Jusqu'à nouvel ordre.

C'était une très jeune femme. À peine vingt ans. Aucun maquillage. Aucun bijou. Vêtue d'un jean et d'une chemise de garçon. Très belle, assurément. Mais d'une beauté à retardement, comme on le dit d'une bombe. Sa rousseur me renvoya aussitôt à une peinture préraphaélite. Il s'en dégageait une impression d'évanescence, d'alcôve, de brume, de sous-bois. Mes yeux s'étaient immédiatement portés sur ses chevilles et ses poignets. Deux perfections, en effet. Quant à sa gorge, il n'en existait pas de plus frémissante.

« Parlez-moi de cette Madame Blanche, s'il vous plaît… Que me veut-elle, au juste ?

— Elle vous a rencontrée ici-même… Vous l'avez troublée… Que dire de plus ?

— L'autre soir, chez elle, elle ne m'a pas touchée… Elle voulait seulement que je la regarde pendant qu'elle s'amusait avec deux hommes très agités. J'ai trouvé ça bizarre… Elle m'a demandé de lui tenir la main et de planter mes yeux dans les siens pendant qu'elle se laissait prendre par l'un, par l'autre, à tour de rôle, comme une fille qui en veut beaucoup…

— Vous devrez découvrir par vous-même ce qui lui plaît.

— Si elle veut me revoir, pourquoi ne se charge-t-elle pas elle-même de me le faire savoir ?

— Blanche n'a pas l'habitude de demander quoi que ce soit. En général, il y a toujours quelqu'un qui demande à sa place.

— Et ce "en général", c'est vous ?

— En la circonstance, oui, c'est moi. Mais j'insiste, vous devrez découvrir par vous-même ce qui lui plaît.

— Je n'ai pas le temps, ni l'envie, de me pencher sur les préférences de chacun, et je préfère obéir. On me demande ceci ou cela, je donne mon prix, on l'accepte, et je m'exécute ou je m'en vais. Je n'aime pas quand la psychologie s'en mêle… Auriez-vous l'obligeance de rappeler cette règle à la personne que vous représentez ?

— Je ne représente personne… J'essaie d'organiser une surprise. Et vous êtes la surprise.

— Dans ces conditions, rassurez-vous : je saurai surprendre. Et j'aime bien réussir mes surprises… J'ai toujours été comme ça, même petite, quand je me déguisais en fantôme ou en ange…

— Vous vous appelez vraiment Angie ?

— Franchement, je ne sais plus… Je crois que oui… Mais il arrive que l'on m'appelle Diane, Nini, Sissi, Louise, Eva… Vous savez, les prénoms… »

Son téléphone sonna. Elle répondit, très charmeuse, tout en laissant ses yeux bien plantés dans les miens :

« Oui, pourquoi pas… Oui, je peux me libérer. Comme la dernière fois, promis… »

Elle raccrocha, retrouvant aussitôt son arrogance froide.

« Je vous préviens, si je vais au soleil, j'aurai des taches de rousseur… J'espère que cela ne déplaira pas à Madame Blanche… »

Elle sortit un petit agenda sur lequel elle raya plusieurs semaines d'un trait méticuleux.

Elle avait une manière très limpide et précise de s'exprimer. Ses paroles s'enveloppaient naturellement dans un indéfinissable brouillard. « Une musique tsigane », avait dit Blanche.

Elle avait tenu, pour finir, à m'assurer qu'elle respecterait chaque terme du contrat non écrit qui nous liait désormais. Elle comptait sur moi pour lui indiquer les erreurs à ne pas commettre.

« Je connais les gestes qui plaisent à chacun, avait-elle ajouté… Je m'en acquitterai loyalement… Seulement, il ne faut pas me demander d'y ajouter des sentiments. Sauf à le prévoir… Dans ce cas, je double mes prix. »

Elle me demanda encore s'il lui faudrait prévoir une garde-robe spéciale ou si celle-ci lui serait fournie. Et voulut savoir si elle serait en tête à tête avec sa cliente ou en présence d'autres invités.

Il avait été prévu qu'elle arriverait à Capri deux à trois jours plus tard. Fulvio l'attendrait à l'aéroport de Naples, porterait ses bagages, la conduirait jusqu'à la petite crique d'où partent les escaliers qui vont jusqu'à la villa de Blanche. Elle insista pour que ses honoraires soient calculés sur la base d'un séjour d'un mois, pas davantage, car elle avait des engagements ultérieurs et n'entendait pas s'y dérober. Elle exigea d'être payée à l'avance et je lui promis que cela serait fait le jour même.

En me quittant une heure plus tard, sous les arcades de la rue de Rivoli, elle m'avait courtoisement prié de bien vouloir excuser ses manières abruptes.

Sa dernière phrase :

« N'ayez crainte… Je sais aussi être charmante… »

– 52 –

Depuis qu'il imaginait, avec une intolérable acuité, chacune des *folies* de Blanche, Cornelius posait sur elle un regard extatique et vide.

Il tremblait en l'apercevant sur le chemin du Cap Masullo. Trébuchait quand elle se rapprochait en lui souriant. Rougissait à la seule évocation de son prénom. N'hésitait pas à s'emporter, jusqu'à la violence la plus déraisonnable, contre tout individu s'autorisant une allusion insuffisamment flatteuse pour celle qui était devenue, chez lui, un incontestable point de tangence entre le monde et l'absolu.

La fascination, l'obsession, l'incompréhension, la tentation (ces quatre substances immatérielles dont l'assemblage précipite la naissance concrète des passions) l'avaient rendu muet.

Son cœur pur (Cornelius en avait un, malgré ses tentatives en direction des plaisirs et de la petite débauche) voulait sauver sa bien-aimée, fût-ce sans son consentement, et en la contraignant.

Son cœur impur (il n'en était pas davantage dépourvu, comme tous les enfants puritains de la Nouvelle-Angleterre) rêvait au contraire de la rejoindre dans des séjours plus profanes.

Il restait cependant lucide : si, malgré l'ardeur qu'il avait bien l'intention d'y consacrer, et l'abnégation dont il se sentait à jamais investi, il ne parvenait pas à arracher Mme de N… à sa probable damnation, il était résolu, alors, à l'escorter où qu'elle aille, fût-ce en enfer, et à s'y consumer avec elle. Avait-il le choix ? Ou bien l'on sauve sa bien-aimée, ou bien l'on meurt avec elle. D'autant que ce genre de trépas avait des charmes qui le tentaient, bien qu'il se soit pudiquement interdit de les visualiser en détail. De toute façon, il était désormais exclu, dans son esprit, que le destin de Blanche puisse, de quelque manière, se distinguer du sien.

Il avait d'ailleurs profité d'un de nos dîners sur la terrasse du Grand Hôtel pour m'interroger sur les mésaventures de cet Orphée dont il venait de découvrir l'existence.

Était-il exact que ce héros avait plongé dans la gorge du diable pour sauver son Eurydice ? Avait-il réussi ? Comment s'y était-il pris ? Eurydice l'avait-elle remercié ? De quelle façon ? S'étaient-ils mariés ? Enfin, si ce héros avait eu une telle audace, pourquoi lui, Cornelius Cunard, serait-il incapable de l'imiter ?

Il avait, en conséquence, remis à plus tard sa décision de quitter l'Europe et s'accordait encore une saison pour parvenir à ses fins. D'où l'air contrit, presque austère, qu'il affichait depuis qu'il se préparait à une empoignade sans merci avec les anges du Mal.

Sa bonne humeur avait disparu. Il avait renoncé à ses habitudes légères. Il ne suivait même plus d'un regard gourmand la plupart des créatures avenantes que nous croisions lors de nos promenades. Comme si l'imminence d'émotions huppées lui imposait une ascèse préparatoire, voire une diète des sens et de l'esprit.

Il avait maintenant le regard incandescent de ceux qui ont cru entrevoir l'essence de la vérité. Il méditait. Scrutait l'horizon pendant des heures. Fuyait les conversations frivoles qui, un an plus tôt, faisaient nos plaisirs du matin. La passion l'avait mordu comme un serpent, lui inoculant tous les venins de l'amour fou. Ce régime l'avait rendu mélancolique – pour son plus grand désarroi, car personne ne lui avait appris à terrasser cette affliction qui, par bien des aspects, ressemblait, d'après ce qu'il en découvrait, aux nausées provoquées par une intoxication alimentaire.

Remué, choqué, excité, électrifié par des mœurs qu'il avait ignorées jusque-là, il ne savait plus sur quelle octave morale ou sensuelle se percher. Il alla même jusqu'à se renseigner sur les habitudes sexuelles de sa *grandma* Nancy et put constater, avec effroi, que celle-ci n'en finissait pas de coucher avec toutes sortes de gens – des révolutionnaires, des chauffeurs de taxi, des pianistes de bar, des inconnus croisés dans un train…

– ce qui acheva de le persuader que les femmes fatales s'exemptaient par nature de la loi commune.

Bientôt, il se laissa aller : « Puisque telle est la nature de Blanche, et puisque j'ai peu de chances de parvenir à l'en détourner, autant que je prenne les mêmes habitudes qu'elle… C'est pour cela, vois-tu, que j'aimerais être invité à l'une de ses soirées… Ne pourrais-je pas mieux l'aider si je vois par moi-même de quoi il retourne ? J'envisage, d'ailleurs, de débaptiser le *Nancy* pour qu'il devienne le *Blanche*… Crois-tu que cela lui ferait plaisir ? »

Je le calmai de mon mieux.

J'étais intrigué cependant par la simplicité avec laquelle mon camarade était passé, sans amoindrir son avidité, d'un régime à base d'idéal à un goût immodéré pour les plus extrêmes turpitudes.

De son côté, Mme de N… l'ignorait – afin, peut-être, de l'incendier davantage. Elle expédiait au Grand Hôtel les bouquets de roses que Cornelius lui faisait déposer chaque jour et ne lisait même plus les lettres enflammées qui les accompagnaient.

Début juillet, elle me pria d'expliquer à « Mr Cunard » qu'elle détestait les fleurs coupées, ce qui plongea mon ami dans une insondable perplexité.

Dès lors, désœuvré et incandescent, il s'attela à la préparation de son prochain Ferragosto.

Il avait la ferme intention d'y donner une fiesta particulièrement brillante au cours de laquelle, brûlant toutes ses cartouches, il se déclarerait publiquement.

– 53 –

Chaque été est dangereux.
Les passions y flambent
Plus vite que le chanvre ou le papier.
Leurs flammes immenses dansent sous des soleils noirs
Qui célèbrent le gain et la perte.
Les soleils noirs ne haïssent pas le bonheur, ni le jour.
Mais, antiques confidents, ils savent l'épilogue
Et étincellent à l'heure dite.
Ils cueillent chaque âme, ils éteignent chaque ombre.
Égarés dans le temps, amoindris, ils ont patienté.
Et soudain, maîtres du jeu,
Ils décident.

– 54 –

Angie arriva quelques jours plus tard et s'installa chez Blanche qui, me dit-on, fit semblant de ne pas être surprise en la voyant. On lui attribua une grande chambre un peu à l'écart et deux domestiques parmi les plus zélés de la maison. Elle prit, seule, ses premiers repas dans le patio fleuri d'où partent les escaliers qui descendent vers la mer.

Trois jours plus tard, à l'heure du dîner, Blanche la convoqua. Elle la dévisagea d'un œil hautain et déjà lassé. Lui posa une dizaine de questions audacieuses sur ses habitudes sexuelles, ses régimes, son père, sa rousseur, la situation politique de la Roumanie, les vampires. Puis, à mesure qu'Angie répondait avec retenue et prudence, le dédain de la maîtresse de maison se teinta d'indulgence, puis de sympathie, avant d'en arriver à une certaine curiosité et, enfin, à l'amicale tendresse – qui, faut-il le rappeler, dispose de plusieurs passerelles conduisant à la passion.

Telle était, au demeurant, la stratégie ordinaire de Mme de N… Déconcerter l'adversaire par la froideur, le silence ou le regard en surplomb. S'assurer de son malaise. L'amplifier jusqu'à la franche et inexplicable hostilité, avant d'esquisser une volte-face, de jeter une poudre aimable dans ses propos, et de capturer le nouveau venu par des charmes et des attentions qu'il n'attendait plus. On était alors reconnaissant à cette hôtesse atypique d'avoir dissipé le climat de tension qu'elle avait elle-même imposé. Ainsi, elle fortifiait son ascendant tout en se drapant de la bonté et de la bienveillance dont, précisément, elle avait commencé par se montrer dépourvue.

À partir de là, des rumeurs me parvinrent chaque jour, toujours relayées par Fulvio ou par le directeur du Grand Hôtel, qui me décrivaient l'évolution rapide des choses.

Moins d'une semaine après l'arrivée d'Angie, Blanche ne la quittait plus.

Bientôt, tout le monde sut de quoi il retournait : Blanche et Angie dormaient dans le même lit, se tenaient publiquement par la main, se baignaient nues et ensemble dans la piscine, ne se cachaient même pas pour échanger leurs baisers fougueux, et le bruit de leurs ébats se répercutait avec indécence sur les falaises rouges du Cap Masullo.

Zita avait répété à qui voulait l'entendre que « Madame » lisait des poèmes à « la petite Roumaine », lui offrait des bagues et des colliers, lissait ses cheveux. On avait même vu l'impériale Mme de N… agenouillée devant sa nouvelle amie, baisant ses pieds et massant ses chevilles. La servante aux yeux jaunes était indignée. Heureusement, les perroquets qu'elle consulta lui délivrèrent des oracles qui, par leurs noires anticipations, surent l'apaiser – en l'assurant de l'imminente disgrâce promise à l'intruse.

Fulvio m'avait encore raconté qu'il les avait conduites toutes deux, en pleine nuit, jusqu'à Naples, et qu'il les avait attendues la nuit durant et une partie du lendemain.

Il n'en avait pas fallu davantage pour que je suppose, l'esprit en feu, qu'elles étaient retournées, ensemble, dans le palais de la Via Toledo afin d'y participer à une nouvelle *orgia*. Mes souvenirs me ramenèrent aussitôt, par ressac, tout ce que j'aurais voulu oublier : les musiciens, l'albinos, le hanneton, les filles désarticulées, le faux cardinal, la chambre…

J'imaginai Angie au chevet de sa maîtresse, dans la galerie aux statues, pendant qu'on s'activait en meute autour d'une Blanche à l'abandon.

J'imaginai surtout le reste de nuit qui les attendait à l'Excelsior. Le bain brûlant. Leurs caresses du matin. La lumière oblique sur leurs draps et leurs visages épanouis.

Dès qu'il me sentait accablé, ou seulement peiné, par ses récits, Fulvio prenait plaisir à en rajouter, à les étoffer davantage, trouvant sans cesse un nouvel épisode susceptible de me porter un coup précis. Quel besoin avait-il, lui que je prenais pour un ami, de me torturer de la sorte ? Toujours est-il qu'il m'avait détaillé, plus que de nécessaire, l'état de ses deux passagères quand il les avait enfin raccompagnées après cette nouvelle nuit de Naples. Il avait bien vu qu'elles se blottissaient l'une contre l'autre pendant la traversée, qu'elles minaudaient, se contemplaient, s'étreignaient sans pudeur, et sous ses yeux. Fulvio n'aimait pas que l'on se conduise ainsi devant lui. Il y voyait un manque de respect. Et, même, une façon d'être indigne de ce que Mme de N… représentait à ses yeux. Mais il ne se lassait pas de me le rappeler : « Madame n'est plus la même (*non è più la stessa…*) depuis l'arrivée de cette fille (*questa malafemmina*) »…

En peu de temps, j'avais donc été oublié. Remplacé. Rayé des tablettes de l'empire de Blanche. J'avais la sensation pénible, et la colère, et l'humiliation, non de ne plus exister, mais de n'avoir jamais existé. D'avoir été relégué, sans raison, aux confins du territoire sacré où, jadis, une reine m'admettait. J'étais désaimé. Dépossédé de mes anciens privilèges. J'expérimentais une forme de déchéance sentimentale. Et je découvrais, du même souffle, qu'un mauvais désir de vengeance commençait de m'empoisonner le cœur.

Les gens se rapprochent, s'enlacent, se quittent.
Ils ne savent faire que ça.
L'avais-je oublié ?

Au début, je m'étais arrangé pour croire que seul l'amour-propre, plus que l'amour, gouvernait mon chagrin de déréliction. Mais j'avais bien vite admis qu'il n'en était rien. Je souffrais véritablement. Un mauvais sort m'avait séparé de moi-même. On m'avait exilé dans un désert. Et je ne savais même pas qu'il était possible, à l'âge qui était déjà le mien, de faire l'expérience d'émotions aussi nouvelles et aussi désolées. Ces émotions m'avaient renvoyé, par mille chemins tourmentés, à des solitudes d'enfance. Comme si, gisant dans ces anciens parages, un mécanisme secret réglait à sa guise la source des bonheurs et des malheurs qui allaient se distribuer tout au long de ma vie.

Blanche s'était-elle vraiment convertie à la religion de l'amour fou ?

Était-ce, pour elle, une simple expérience ?

Ou un jeu ?

À quelle fin ?

Ces afféteries ressemblaient si peu à la femme que je connaissais que je comptais les jours et les heures qui me permettraient d'en avoir le cœur net.

– 55 –

L'occasion m'en fut donnée, un matin, alors que je croisais Blanche et Angie dans une ruelle proche du port. Elles semblaient heureuses et seules au monde comme le sont de nouvelles amantes. Blanche, surtout, rayonnait d'une lumière que je ne lui avais jamais vue. En m'apercevant, Angie avait couru à ma rencontre avec un élan d'affection, et presque d'enthousiasme, auquel je ne m'attendais guère. Elle m'avait étreint comme si nous étions de vieux amis et assuré, de sa voix tsigane, du bonheur qu'elle avait à découvrir cette île qu'elle ne connaissait pas. Le soleil lui avait à peine cuivré le teint. Sa rousseur s'accordait naturellement à l'ocre des façades et des falaises. La première phrase qu'elle m'avait adressée fut toute d'innocence :

« Je ne sais pas nager... J'aimerais apprendre... Voulez-vous être mon professeur ? »

Puis elle avait ajouté, à voix basse, comme si elle ne voulait pas être entendue, tout en souhaitant l'être un peu :

« Nous ne nous sommes pas revus depuis le bar du Meurice… C'est dommage, non ? Je vous dois tellement… »

Puis Blanche s'était rapprochée.

Elle avait ostensiblement passé son bras autour de la taille d'Angie. Et, me regardant fixement – afin d'entendre, sans doute, toutes les paroles que je n'avais pas encore prononcées –, elle me déclara :

« Ne crains rien… Je me suis éloignée, mais tu restes mon ami… Il se trouve qu'Angie est entrée dans ma vie… Grâce à toi, d'ailleurs… Le rôle que je t'avais confié, c'est à elle qu'il revient maintenant… Est-ce si triste ? Tu t'attendais à quoi ? »

Elle se tourna vers Angie, caressa son visage…

« Toi aussi, ma chérie, tu laisseras un jour ta place à quelqu'un d'autre, homme ou femme, ce sera selon mon désir du moment. Je suis un monstre, n'est-ce pas ? Mais je suis ainsi faite : je me préfère à chaque seconde de ma vie… »

Je la sentais ironique et grave. Elle ne plaisantait pas. Et accueillait cet égoïsme revendiqué comme une fatalité dont elle ne se réjouissait pas nécessairement, mais avec laquelle il lui fallait composer.

Elle avait pris ma main.

« Crois-moi, les gens comme nous ont beaucoup de chance… N'en réclamons pas davantage… »

Angie était à côté d'elle. Son visage n'exprimait rien. Une mèche se mit à flotter sur ses yeux. Elle souffla, en tordant un peu sa jolie bouche, ce qui lui fit un air enfantin et rebelle.

Elles s'étaient éloignées quand, soudain, Blanche se retourna vers moi :

« J'aimerais t'offrir un petit souvenir... Oui, un souvenir... Ça a l'air de te surprendre... J'adore ça, offrir des souvenirs, demande à Angie... Viens me voir la semaine prochaine... En fin de journée, tu sais bien, quand tout est si beau dans le salon où je t'avais reçu la première fois... »

– 56 –

« *C'est incompréhensible : quelques jours plus tôt, Mme de N... semblait vous apprécier... Et puis, d'un seul coup, plus rien... A-t-on le droit, franchement, d'être à ce point capricieuse ?*

— La donna è mobile...

— *Mais encore...*

— Je ne sais... L'aurais-je déçue ? On ne peut rien exclure... Mon regard, ma jalousie, ma soumission, ne lui suffisaient sans doute plus... Les créatures narcissiques, c'est ainsi, vous adorent tant qu'elles vous considèrent comme un simple appendice, moral ou physique, de leur propre personne. À travers leur adoration, c'est encore elles, et elles seules, qu'elles chérissent... Mais si l'on cesse, par malchance, d'être un morceau d'elles-mêmes, si l'on se détache de leur être, de leurs manies, de leur décor, l'indifférence reprend ses droits et, d'un coup, d'un seul, vous n'êtes plus rien.

— *Vous avez bien dit qu'elle roucoulait avec Mlle Angie ? Et dans le même lit ? Vous n'aviez pas eu droit à de telles intimités...*

— Mettons ça sur le compte des préférences sexuelles de Blanche. Au fond, elle préférait les femmes, voilà tout, et je regrette d'avoir mis trop longtemps à le comprendre… Pas très original… Toutes les femmes finissent par préférer les femmes…

— *Développez, s'il vous plaît…*

— C'est logique : la jouissance des femmes peut être infinie, ce qui est fort plaisant pour elles… Or, les mâles, y compris les plus performants, sont assez rapidement exténués… De ce fait, les femmes finissent naturellement par se retrouver entre elles, libres de s'activer et de se manipuler comme elles l'entendent… À la longue, cela s'inscrit dans leur être, et les femmes préfèrent les femmes même quand elles ne le savent pas encore. Les hommes ne devraient jamais perdre de vue cette vérité fondamentale qui gouverne la guerre des sexes depuis la création du monde – et sur laquelle, hélas, personne ne peut rien…

— *Avez-vous un moyen de prouver expérimentalement ce que vous avancez là ?*

— Prenez dix personnes des deux sexes, sous n'importe quelle latitude, jetez-les dans la même pièce avec licence absolue de se faire jouir les uns les autres, et vous verrez, une ou deux semaines plus tard, que les mâles se sont endormis, ou discutent dans un coin, tandis que les femelles jouent encore… Si vous m'accordez une seconde vie, j'étudierai sérieusement cette grande affaire.

— *Mlle Angie a-t-elle un point de vue sur tout cela ?*

— Elle m'a rendu visite, un soir, au Grand Hôtel… Elle était surprise par la tournure des événements. Elle m'avait dit : “Bon, je suis très bien payée, le décor me plaît, le service est excellent, tout est confortable et plutôt chic, mais les sentiments qu'on me réclame n'étaient pas prévus par notre contrat. De plus, Blanche est en train de tomber amoureuse de moi, et je n'ai pas envie de ça… L'amour des amoureux me dégoûte. Auriez-vous la gentillesse d'arranger ça, soit en m'épargnant les sentiments, soit en m'offrant une légitime compensation ?”

— *Insinueriez-vous qu'elle n'était pas flattée par ces cascades de baisers, d'égards et de caresses sur elle déversées ?*

— À mon avis, elle souhaitait seulement obtenir un supplément d'honoraires. Elle m'avait confirmé, par ailleurs, ses “engagements” pour la seconde partie du mois d'août – une affaire de “sentiments”, à l'évidence… Or, Blanche n'avait pas l'intention de la laisser partir. Tout cela ne pouvait que mal tourner, fatalement. Je dois dire que cette perspective ne me déplaisait pas.

— *En avez-vous parlé à qui de droit ?*

— Oui, j'en avais dit un mot à Zita, afin qu'elle transmette… Blanche avait ri… Vous savez, son rire grandiose… Elle avait ajouté : “Angie aura tout ce qu'elle désire… En attendant, elle m'appartient. Je l'ai achetée… Elle est à moi ! Et il faudra qu'elle comprenne bien que c'est à moi de décider quand je me lasserai d'elle…” Zita était ravie, vous vous en doutez, de me rapporter ces propos. On m'a répété, par ailleurs, que Blanche aurait dit qu'il lui suffirait de lever un petit doigt pour qu'Angie ne puisse jamais quitter l'île.

— *Vous l'avez donc échappé belle !*

— Sauf que, moi, j'aurais adoré être son prisonnier…

— *Nous sommes également intrigués par l'attitude de M. Fulvio. Comment expliquez-vous sa façon de vous torturer ?*

— Pas la moindre idée.

— *Avez-vous observé ses yeux tristes ?*

— Oui… Mais encore ?

— *Ces yeux tristes ne vous rappellent pas d'autres yeux, également tristes ?*

— Non, vraiment…

— *Réfléchissez un peu. Ses yeux sont tristes comme ceux de…*

— Voulez-vous dire que…

— *Eh bien, vous en avez mis du temps… Vous saviez pourtant que M. de N… adorait mettre les femmes de chambre dans son lit… Et la mère de Fulvio ne travaillait-elle pas dans un hôtel d'Anacapri ?*

— Ce qui ferait de mon passeur des deux rives le beau-fils de Blanche – et de Blanche la belle-mère, façon Phèdre, de ce Fulvio ? Très amusant… Un scénario quasi grec… L'entrelacs tortueux des fornications humaines autorise toutes les configurations, toutes les postérités, toutes les combinaisons. Je plains les donneurs de leçons.

— *En attendant, sentez-vous, comme nous, que quelque chose va advenir ? Qu'un oiseau plane et tournoie ? Que le destin mijote ?*

— C'est ce que les perroquets avaient confié à Zita. Mais, dans ce domaine, c'est vous qui savez. Racontez-moi…

— *Hélas, nous n'avons le droit de vous parler de l'avenir qu'à partir du moment où il sera devenu du passé.* »

– 57 –

… et je m'étais retrouvé – serait-ce la dernière fois ? – dans le salon posé sur la mer.

Entre le trône de chef inca et la photo de Louis Panama Aragon.

La fenêtre donnant sur le petit belvédère était ouverte. L'air du large, enivrant et salé, m'enveloppait comme un manteau de songes.

J'étais troublé d'être là. Des petits vertiges d'émotion m'avaient entraîné dans leurs tourbillons. Et, au fil de ces vertiges tourbillonnants et finalement assez plaisants, j'avais cru voir que quelqu'un, qui aurait pu être M. de N… , s'était assis sur le banc de Lénine. Il regardait l'horizon, tenait sa cigarette au coin des lèvres, souriait face à la lune qui était encore dans sa tenue de jour. Devinant ma présence, ce personnage irréel (mais oui, aucun doute, c'était bien M. de N…, cela n'avait aucun sens mais c'était lui, du moins m'en étais-je convaincu…) s'était retourné pour m'adresser un signe amical. Il avait plissé ses grands yeux tristes, tiré sur la cigarette qui lui faisait comme une mouche incandescente au coin de la bouche, et s'en était calmement revenu dans la photo sous verre qui lui servait de domicile fixe. Pendant un instant, rien ne m'avait paru plus plausible, plus naturel, que de voir une créature sortir de son séjour photographique avant d'y retourner.

En une année, j'avais eu le temps de devenir un habitué de la maison. Je pouvais y entrer, y circuler, nager dans la piscine, m'endormir à l'ombre d'une treille ou dans une chambre, sans que personne trouve à y redire. Les domestiques eux-mêmes ne remarquaient plus ma présence. Parfois, j'allais dans la chambre de Blanche, j'ouvrais ses armoires, je contemplais ses chaussures, ses soieries, ses bijoux. Je humais ses flacons de parfum disposés sur une coiffeuse. J'aimais ces traces d'elle-même qui n'attendaient que de se fixer sur sa personne, de l'orner, avant de me rendre à leur façon la femme insaisissable que j'avais perdue. Blanche connaissait mon manège. Elle le tolérait. S'amusait même, du temps de notre complicité, à disposer des petits messages dans les endroits où elle savait que ma curiosité ne manquerait pas de me conduire.

Ce jour-là, j'avais salué saint Janvier et son martyre, évité Zita, fait quelques pas sur le belvédère avant de m'asseoir – à mon tour ? – sur le banc de Lénine pour contempler le ciel en feu. Bientôt, ce serait à nouveau le sommet de l'été. Puis le commencement de son déclin. Qu'est-ce qui allait s'achever ? Et qu'est-ce qui, dans cet achèvement, annoncerait l'avènement d'autre chose ? Le monde n'est qu'une sublime répétition, avais-je pensé (en déplorant que mon état d'esprit n'ait pas retenu une considération plus originale). Et cette certitude me laissa espérer que, pendant l'éternité que durerait ma mort, je pourrais peut-être revenir contempler le crépuscule dans cette maison et y attendre encore la seule femme qui m'avait convaincu de la possibilité de l'amour.

Blanche voulait me donner quelque chose.

Mauvais signe.

Je savais, depuis Ravello, que Mme de N… n'offrait que des cadeaux de rupture.

Pourtant, même devant ce double crépuscule – celui de la journée, celui de mon amour –, je ne ressentais rien. Avec, comme une douleur fantôme, quelques picotements de mains accompagnés d'un souffle court.

Mes nerfs étaient vigilants. Ils transmettaient une électricité inhabituelle au bout de mes doigts et de mes cheveux. J'étais prêt. J'attendais.

J'avais bien observé la *Nyssia au bain*, dont la signification aurait dû autrefois me renseigner sur les goûts particuliers de M. de N… et de son épouse.

Ça avait l'air de lui plaire, à ce roi de Lydie, d'offrir sa femme à ses meilleurs soldats… Et ça devait l'émoustiller, et lui procurer des sensations, et lui donner des envies qu'il n'aurait jamais eues sans ce petit vice qui, de plus, ne devait pas déplaire à ceux qui en profitaient… D'après la légende, cette façon de jouir ne lui avait pas porté chance puisqu'il fut assassiné à la demande de la reine (apparemment moins vicieuse que lui) par le fameux Gygès, celui de l'anneau qui rend invisible et qui revient dans le ventre d'un poisson.

Ce n'était pas à moi d'en juger mais, enfin, il devait être spécial, ce M. de N…, pour proposer ce genre de jeu à sa jeune épouse, le soir même de leur noce.

À moins que Blanche ne m'ait menti – sur ce point comme sur tant d'autres.

Pas impossible.

Qui le saura jamais ?

Ce dont j'étais certain : les mensonges de Blanche allaient me manquer.

– 58 –

« Zita, laisse-nous s'il te plaît… »

C'est la voix de Blanche. Elle est dans la pièce voisine où se traitent ses affaires importantes. La porte est ouverte. Elle sait que je l'attends.

En m'apercevant, elle me dit, d'un souffle, que « ça ne sera pas long » et retourne à sa conversation – qui semble vive – avec Angie.

C'est le début d'une scène dont je suis le témoin involontaire :

« Tu resteras… C'est un ordre…

— Je fais ce que je veux… Tu n'as aucun droit… »

Mme de N… est furieuse. Une colère froide. J'imagine sa mâchoire crispée. Elle pourrait broyer un caillou. Je n'avais jamais eu droit, jusque-là, à une Blanche ainsi hors d'elle.

Seule la passion jette les êtres loin d'eux.

« Je fais ce que je veux. »

Angie, elle, minaude. Elle n'a peut-être pas encore

compris que Blanche ne plaisante pas. Ou alors, elle s'en moque.

Seule l'indifférence procure ce genre de sérénité.

Les voix fusent, s'emportent, se recouvrent. Je suis gêné de me retrouver au milieu de ces deux femmes. Leur querelle ne me concerne pas. Je me dirige vers la porte.

« Non, non, ne pars pas, exige Blanche qui agrippe mon bras, ne le lâche plus... Je veux que tu sois témoin... Cette petite ne veut pas obéir... Tu lui avais bien dit, n'est-ce pas, qu'elle devait obéir ? M'obéir... »

Je ne réponds pas.

L'affaire, soudain, s'envenime. Blanche est véhémente. Elle veut que je rappelle les termes du « contrat »...

« Blanche, je préférerais ne pas me mêler de tout ça... »

À partir de là, Blanche prend le parti de m'ignorer et se retourne contre Angie :

« De toute façon, tu n'as pas le choix... »

Mais Angie est insolente. La colère lui va bien. Elle agite sa chevelure de feu comme une torche.

« Comment oses-tu ? Je pourrais te noyer, tu n'es qu'un pauvre petit chiot... Tu n'es rien... Je te donne quelques secondes pour me demander pardon...

— Te demander pardon ? Mais tu rêves, répond Angie avec une fierté admirable... Personne, tu entends bien, personne ne me donne des ordres ! Ni toi, ni... » (Elle cherche un mot, ne le trouve pas...)

Blanche n'a plus que la ressource des grandes menaces rageuses et vagues :

« Tu n'as pas idée de ce que je pourrais te faire… »

Angie ne baisse pas les yeux. Elle les plante, sans ciller, dans ceux de Blanche. Elle est très calme. Cette fille est courageuse. Je l'avais sous-estimée.

On sent, au volume sonore de cette querelle, qu'Angie est aimée et qu'elle n'aime pas. Ce simple fait lui donne un avantage définitif.

Il y a également l'évidence symétrique : Blanche aime et n'est pas aimée. Ce simple fait annonce son inévitable humiliation.

« Je sais, tu pourrais faire beaucoup, mais je n'ai pas peur.

— Sale petite pute ! »

L'insulte a fusé. Angie ne supporte pas ces trois mots. Elle tourne les talons. Quitte la pièce.

Le silence.

Blanche reprend son souffle. Elle s'en veut déjà. La colère l'a emportée trop loin. Elle le sait. Le regrette.

« Ah, elle est terrible, tu vois… Indocile, insolente… En même temps, c'est ce qui me plaît, et cette gamine l'a compris… Mais jamais, jamais, elle ne partira si je ne l'ai pas décidé… Qu'en penses-tu ? »

Devant mon silence, elle se détend, change de sujet.

« Bon, tu as bien fait de venir… Je voulais seulement t'offrir quelque chose…

— Un cadeau de rupture ? »

Elle s'était approchée de moi. M'avait enlacé. Comme une tendre amie. Sans un mot.

Puis elle s'était dirigée vers une commode sur laquelle se trouvait une énorme boîte à bijoux. Elle l'avait ouverte avant de me la tendre. Ses bracelets Cunard s'y trouvaient. Comme des serpents endormis.

« Choisis… Il y en a un pour toi… Tu le mérites… Tu as été un merveilleux complice… J'aimerais tant que tu te souviennes… »

Je prends un bracelet au hasard. Un bracelet d'ambre.

« Il n'en restera plus que 65…, dis-je. Tant pis pour le diable…

— Oui, tant pis pour le diable… »

Elle avait soudain détourné son visage. Comme si elle avait voulu dissimuler ses yeux embrumés.

« Blanche, vous pleurez ? À cause d'elle ? »

Elle ne répond pas.

Mais j'avais vu : Mme de N…, la sublime Blanche, la très riche, la créature la plus romanesque, la plus étincelante, Blanche la grande athée de l'amour, pleurait à cause d'une petite Roumaine vénale comme il en existe des milliers. Sa puissance, sa fortune, sa beauté, ne lui étaient d'aucun secours. Elle avait été défaite par une créature démunie. Personne ne peut vaincre ceux qui l'ont emporté avant le commencement de la bataille.

Mystère.

Je ne comprendrai jamais.

Et, pourtant, je comprends.

Blanche s'est déjà enfuie.

Je l'entends qui court vers la chambre d'Angie que je peux apercevoir en me penchant depuis le belvédère qui domine le patio fleuri.

Je vois Blanche qui vient d'y rejoindre sa petite fiancée.

Elle l'embrasse. Lui murmure des mots affolés, tandis qu'Angie, qui se laisse faire, semble bouder.

Blanche lui demande pardon, j'en suis certain. Elle doit lui dire, « j'ai besoin de toi, ma chérie, oublie ce que j'ai dit, tu sais bien que je ne le pensais pas… Tu es une reine, comme moi, tu es même une plus grande reine puisque je t'adore bien plus que tu ne m'aimes… »

Angie écoute. Elle permet à ces flots d'aveux et d'amour de ruisseler sur son front. Elle ne ferme pas les yeux pendant que Blanche lèche ses lèvres, caresse ses cheveux, se presse contre ses seins adorables.

J'envie à Angie le bonheur infini d'être vénérée sans effort.

Le regard glacé d'Angie croise le mien tandis que Blanche l'étreint.

Pendant quatre ou cinq secondes, ses yeux et les miens s'affrontent.

Nous savons, l'un et l'autre, à quoi nous en tenir.

Dans ma main, le bracelet d'ambre.

– 59 –

Je me sentais vulnérable. Désarmé par le plus redoutable de mes ennemis : moi-même.

Et méfiant, surtout, devant ce nouveau Ferragosto qui revenait trop vite.

Déjà une année…

La mort de mon père, Blanche, les cérémonies, le jeu dangereux avec les sentiments, et ce *syndrome d'Adolphe* qui, en se jouant de moi, m'avait jeté dans la peau de l'amoureux que je ne savais pas être.

Crainte donc, mille fois justifiée, de boucler au mauvais moment la boucle d'une saison qui n'avait ressemblé à aucune autre.

J'avais eu envie de m'enfuir. De déserter l'Île Magique qui (là-dessus, les légendes sont catégoriques) s'y connaît pour reprendre chaque goutte du bonheur qu'elle a accordé à ceux qui ne le méritaient pas.

Mes valises étaient prêtes. Fulvio m'attendait. Il fallait que j'aie l'air d'un gentleman qui, sortant ruiné d'un casino, veille encore à la bonne tenue de son nœud papillon.

J'avais décidé de ne rien montrer de cette blessure d'amour dont quelques bons connaisseurs du cœur humain prétendent qu'elle devient vite une cicatrice qu'on finit toujours par caresser, plus tard, avec le doigt incrédule de la mémoire.

Blessure, cicatrice, plus tard : mais que faire du présent qui glace et qui brûle ?

Et puis, à la dernière seconde, j'avais hésité.

J'avais consulté le lézard bleu de ma terrasse. Son œil d'onyx, sa sérénité sans âge, son long commerce avec les pierres chaudes et les moucherons, avaient achevé de me convaincre : il faut défendre le territoire où le destin vous pose. Alors, je partirai, je quitterai l'île, c'est entendu, mais plus tard. Demain. Après-demain. On verra. Ne jamais déserter. Toujours, toujours, *fare bella figura*. Et soigner sa sortie. Il sera bien temps, ensuite, d'improviser une nouvelle existence.

À Capri, pour moi, tout avait changé.

Blanche ne me convoquait plus pour nos baignades à la Fontelina, ni pour nos promenades vers la Villa Jovis. Elle ne me parlait plus de Maurice Scève ni de la Charpillon. Elle ne m'avait pas oublié, non. Mais elle m'avait rangé dans le tiroir réservé à son passé – ce qui, à mes yeux, était pire que l'oubli.

Cornelius, lui, avait choisi de m'éviter. Il avait renoncé à sa fantaisie, à sa désinvolture de playboy, tandis que son esprit fragile s'était alourdi depuis qu'il avait amorcé son ascension solennelle sur l'échelle des grands sentiments.

Il n'y avait plus de matinées glorieuses à bord du *Nancy*, ni de dîners-citronniers dans les trattorias des environs.

À l'horizon, la répétition de plaisirs et de déplaisirs sans conséquence.

Bientôt, je retrouverais, intacts, les paparazzi, les beautés locales, les célébrités de magazine, les touristes, les petits voleurs chauves-souris, les vendeurs de perles noires – sachant que, de cette année, je n'avais rien prévu : ni l'amour, ni le désamour.

Tout avait commencé avec un Ferragosto et un autre Ferragosto, déjà, revenait. Il y aurait bientôt de nouvelles lunes rousses, des femmes élégantes avec des auréoles de néon, un orchestre près du funiculaire e *tutti quanti*… La vie refait ses gammes. C'est à se demander pourquoi on se réjouit, et pourquoi on se lamente.

En attendant, j'avais conservé les numéros de téléphone de quelques jeunes filles bienveillantes. Elles habitaient Positano, Anacapri ou Sorrente. Leurs faveurs, leurs peaux douces, leurs savoir-faire, étaient mes derniers trésors.

– 60 –

Sur la Piazzetta, en effet, tout se répétait.

Marie-mère-de-Dieu avait, une fois encore, revêtu sa chasuble de stuc mystique. Le clan des aristocrates débauchés était fidèle à son rendez-vous plus ou moins vicieux. Les torchères flambaient déjà sous l'auvent où l'orchestre alternait ses musiques langoureuses et ébouriffantes.

Cornelius était plus exalté qu'à l'ordinaire. Il avait triplé ses pourboires pour les musiciens, les carabiniers, les prêtres, les Mario, les Roberto et les Guido attelés à leurs taxis mauves ou verts. On le sentait au sommet de lui-même. Alcoolisé avant les autres. Lyrique. En désordre. Désormais italien par la transpiration et la gesticulation vociférante. Il appelait tout le monde *old sport* car il venait de lire qu'un certain Gatsby, qui n'était pas son contraire, nommait ainsi chacun de ses amis. Il était facile de supposer que mon ami héritier avait décidé, ce soir-là, de jouer gros.

On m'avait installé, comme l'année précédente, dans le petit carré réservé aux importants. J'attendais minuit, tandis que les couples entamaient leurs trémoussements annuels. L'Île Magique roulait son monde comme un gravier. Les nouveaux venus entraient dans la danse en se disant que la vie pouvait être belle. Les anciens quittaient la piste avec la conviction que le bonheur qu'on cueille dans la baie de Sorrente est plus éphémère qu'un papillon ou un pissenlit.

Au loin, près du funiculaire, j'avais aperçu quelques individus sans doute déjà rencontrés à Naples, dans le palais de la Via Toledo. Ils m'adressaient des petits signes hiératiques, à la manière des altesses qui prennent acte, avec une feinte modestie, de l'amour qu'elles inspirent au peuple, l'avant-bras immobile, le poignet pivotant, la paume de main orientée comme un radar balayant l'espace de droite à gauche puis de gauche à droite. Ils semblaient, tous, en grande conversation avec une dame un peu osseuse dont le visage était dissimulé par une élégante voilette. Finalement, la dame tourna la tête pour voir à qui s'adressait le geste de ses amis. Elle ôta sa voilette, dégagea son visage. J'avais cru reconnaître Miss Cunard en personne – mais c'était impossible, bien sûr. Depuis quand les défunts reviennent-ils se mêler aux vivants ? Déjà, M. de N… et sa photographie. Puis Aragon, et mon père… Les morts auraient-ils décidé de me faire peur ? Ou de me recruter ?

J'avais tout de même convoqué en moi quelques étincelles de la magie qui m'avait joyeusement terrassé un an plus tôt.

Rien ne se répéta.

Avec les sentiments, les mêmes causes produisent rarement les mêmes effets.

– 61 –

À minuit, Blanche fit son entrée.

Exactement comme elle l'avait fait un an plus tôt.

Cette fois, elle s'était habillée sobrement. Et cette sobriété lui faisait une allure céleste. Zita la suivait.

Je l'avais observée, de loin : sa beauté m'éclaboussait comme au premier jour. Une beauté-masque. Un éclat noir. Avec des tremblements d'air autour de ses épaules puissantes. On la sentait nerveuse. Agitation des mains. Mobilité des yeux à l'affût de quelque chose ici ou là. Elle souriait, royale, à ceux qui, la connaissant, se précipitaient au-devant d'elle comme les figurants d'un spectacle dont elle était l'incontestable *prima donna*. Elle avait le visage d'une amoureuse tourmentée par son amour. Angie n'était pas là. M'apercevant, de loin, Blanche m'avait envoyé un petit baiser soufflé du bout des doigts.

Peu après l'arrivée de Blanche, Fulvio me rejoignit. Il revenait de Naples où il avait, m'apprit-il, conduit la *donnaccia* qui devait prendre son avion pour Paris.

Angie l'avait donc emporté. Elle avait eu le droit de quitter Blanche – dont l'expression inquiète, du coup, s'expliquait. Cette fille, qui n'avait pas existé bien longtemps, devait tout de même posséder quelque vraie force de caractère pour être parvenue à faire souffrir une femme qui, à l'exception de ces derniers jours, n'avait jamais croisé le moindre déplaisir, ni la moindre contrariété, sur le chemin de sa vie.

C'est à cet instant précis qu'un événement, que personne n'aurait pu imaginer, se produisit devant toutes les personnes présentes sur la Piazzetta.

Alors qu'on entamait rituellement les premières mesures d'un standard capriote (« *Non andremo mai più, dove mi hai detto ti amo…* »), Cornelius avait demandé à l'orchestre de s'interrompre. Il avait bondi sur l'estrade, s'était emparé du micro, avait demandé à un projectionniste de braquer sur lui un faisceau lumineux, et s'était lancé dans un discours incohérent où tout se mêlait : son enfance dans les Hamptons, l'île Saint-Louis, les paquebots transatlantiques de la Cunard Line, ses vestes de lin, Gatsby, les soubrettes de Sorrente, Orphée – et, même, Nancy, sa chère *grandma*, dont il fit l'éloge comme si elle se trouvait dans l'assistance. Il mélangeait l'italien, l'anglais, le français – ce qui enveloppait ses propos dans une sonorité chaotique (« *voglio tell you que l'amore e un miracolo, qui gives me wings and coraggio per fare une déclaration solennelle to all my friends ici présents…* ») d'où émergeaient, parfois, quelques blocs compréhensibles. Soudain, il perdit l'équilibre et glissa, renversant la table des touristes du premier rang. Fulvio se précipita pour l'aider à se relever, mais Cornelius le repoussa. Il se releva seul, reprit le micro, passa une main dans ses cheveux entortillés de sueur, ajusta sa pochette et, s'adressant à l'assistance, déclara qu'il désirait, plus que tout au monde, épouser Blanche et que, par ce discours public, il lui demandait sa main.

À la terrasse des cafés, depuis les balcons de la Piazzetta, des chauffeurs de taxi aux vendeurs de fleurs ou de perles noires, chacun applaudit sans comprendre. L'air était joyeux. En Italie, chacun est, par principe, bien disposé en faveur de l'amour.

Blanche souriait.

Elle s'approcha de l'estrade et murmura quelques mots à l'oreille d'un Cornelius dont le regard l'implorait.

Ces mots semblèrent l'apaiser. Un sourire vint illuminer son visage brouillé par l'alcool et l'émotion.

Il était temps, pour moi, de quitter l'Île Magique.

– 62 –

J'appris la mort d'Angie quatre ou cinq jours plus tard, alors que je me trouvais déjà dans un Paris désert et baigné par les dernières lumières d'août.

On avait découvert son corps, échoué sur un rocher près de la Fontelina, à l'heure où tous ceux qui la connaissaient, de Fulvio à Zita ou Mme de N…, supposaient – à en croire, du moins, leurs déclarations ultérieures – qu'elle avait pris son avion à Naples.

En examinant son cadavre, les enquêteurs n'avaient constaté aucun signe de violence ou d'agression. Angie portait les mêmes vêtements qu'au moment de son départ. Ses valises avaient été récupérées peu après la macabre découverte : elles flottaient non loin d'un petit restaurant de plage, comme si elles avaient été abandonnées ou jetées à la mer.

C'est le directeur du Grand Hôtel qui m'avait appelé. Il était affolé et confus (« *povera ragazza…* », « *terribile per la reputazione...* », « *chi l'avrebbe immaginato ?* »...), et m'avait informé que les enquêteurs étaient sur les dents. Il voulait savoir si j'avais été déjà convoqué ou interrogé. Ma réponse ne l'avait pas rassuré : « Eh bien, ça ne saurait tarder... C'est bien simple, *loro sospettano di tutti...* »

– 63 –

Blanche fut la première personne interrogée. Des domestiques avaient, en effet, rapporté ce qu'ils avaient entendu lors de sa querelle avec Angie, y compris les menaces de mort qui y avaient été proférées (« je pourrais te noyer… Tu n'es qu'un pauvre petit chiot… »), et cela faisait d'elle l'excellente commanditaire d'un meurtre. Face à ces suspicions, Fulvio s'accusa lui-même, de manière confuse, en disant qu'il avait noyé Angie, au cours de sa traversée vers Naples, car celle-ci avait refusé de céder à ses avances. Mais il se trouve que des témoins avaient pourtant vu Angie débarquer sur le quai devant l'Excelsior. Fulvio ne pouvait donc être l'assassin. Au contraire, sa promptitude à s'accuser renforça les soupçons concernant Mme de N… – dont nul, dans l'île, n'ignorait les liens quasi familiaux qui l'unissaient à Fulvio.

Les mêmes témoins avaient également remarqué qu'Angie, attablée à la terrasse de l'Excelsior, avait passé plusieurs coups de téléphone dont la police identifia les destinataires : un certain Emil et un homme, un Russe, qu'elle devait semble-t-il rejoindre et qui fut rapidement mis hors de cause. En revanche, personne ne l'avait vue repartir vers Capri. Toujours d'après les témoins, Angie paraissait sereine sur cette terrasse. Elle avait commandé une limonade et plaisanté avec la jeune fille qui l'avait servie. Qui aurait pu deviner que cette jolie fille, rayonnante et gracieuse, n'avait plus que quelques heures à vivre ?

Zita fut également inquiétée car chacun savait l'antipathie qu'elle portait à « la petite Roumaine » qui lui avait volé Mme de N… On avait découvert, de surcroît, qu'elle avait dû venir à Naples, le même jour, par la navette du matin, afin d'y passer chez un couturier qui avait ajouté quelques broderies à la robe-orchidée que « Madame » devait porter. Avait-elle vu Angie ? S'était-elle entretenue avec elle ? Après les vérifications d'usage, il était apparu que Zita n'avait pas croisé la future victime. On la libéra, en la priant toutefois de rester à la disposition de la police.

Restait Mme de N… Personne, certes, n'aurait osé l'accuser franchement, mais les rumeurs ne l'épargnaient pas. Les enquêteurs se contentèrent d'observer qu'elle n'avait pas quitté sa maison de la journée avant de se rendre, vers minuit, sur la Piazzetta. Ils notèrent cependant qu'elle avait refusé de saluer Angie lorsque celle-ci avait quitté sa maison – ce qui témoignait d'une animosité manifeste.

Il n'y avait donc, dans cette affaire, que des questions sans réponse : pourquoi Angie serait-elle revenue à Capri ? Qui l'avait raccompagnée ? Pourquoi n'avait-elle prévenu personne de sa décision ? Comment s'était-elle retrouvée à la Fontelina ?

Peu après, je reçus la visite d'un policier napolitain qui souhaitait m'interroger sur mon rôle dans cette affaire. J'avais bien vu, dans ses yeux et dans ses questions, qu'il n'excluait pas de me considérer comme un suspect de premier ordre. Après tout, n'étais-je pas celui qui avait fait venir Angie ? Et n'étais-je pas jaloux, moi aussi, de l'importance qu'elle avait prise dans la vie de Blanche ? Je m'étais alors observé de l'extérieur. Et il est vrai que je ne manquais pas de mobiles. N'était ma certitude – qu'aucun fait précis ne venait étayer – que Blanche avait dû faire périr l'effrontée qui lui avait tenu tête, je me serais moi-même considéré comme un coupable très présentable – sur le plan moral, en tout cas.

L'enquête s'enlisa. Personne ne sut jamais ce qui s'était vraiment passé. On cessa bientôt de s'en soucier – d'autant que Mme de N…, éminente personnalité de l'île, avait tenu à faire des dons importants aux bonnes œuvres de la municipalité pour la remercier du zèle qu'elle avait mis à démêler les fils de cette tragédie. On finit par conclure que la pauvre Angie était revenue à Capri pour se suicider aux pieds de la villa de son ancienne protectrice, d'où elle aurait été chassée – ce qui, nul n'en doutait plus, lui aurait été insupportable. À partir de là, son corps aurait dérivé jusqu'à la plage de la Fontelina…

On demanda à Monsieur Emil s'il souhaitait faire rapatrier le corps de la malheureuse. C'est à cette occasion, d'ailleurs, que l'on apprit qu'il n'était pas le père d'Angie et ne voyait pas, en conséquence, les raisons qui lui feraient obligation d'organiser des obsèques. Il se contenta de donner le nom de famille de la malheureuse afin qu'il puisse être inscrit sur sa pierre tombale. Mme de N… avait accepté de prendre en charge tous les frais de l'inhumation. C'est ainsi qu'Angie fut enterrée dans le petit cimetière de la Via Marina Grande. Seuls quelques enquêteurs et le directeur du Grand Hôtel avaient assisté à la cérémonie.

– 64 –

Peu après, un magazine mondain m'apprenait que Mme de N… et Mr Cunard, qui avaient quitté l'île dès qu'on le leur avait permis, s'étaient mariés à Hyannis Port, dans le Massachusetts.

Le magazine montrait quelques photos de leurs noces qui s'étaient déroulées dans la plus grande discrétion. D'après les photographies prises à cette occasion, Mr Cunard portait une veste de lin du meilleur effet et Mme de N… une robe particulièrement sobre.

Ce jour-là, avait-on également noté, elle arborait de nombreux bracelets d'or, d'ambre et d'ivoire qui firent sensation. Mr Cunard, dit-on, avait prononcé un discours, auquel personne ne comprit rien, dans lequel figuraient de nombreuses allusions à sa *grandma* ainsi qu'à d'obscurs poètes français qui s'amusaient à collectionner des cadavres et à jeter des verres par la fenêtre.

– 65 –

Les faits que je viens de rapporter m'avaient bouleversé. Et je ne savais, pour finir, qu'en penser. Ils allaient et venaient dans ma tête, ballottés par des vagues de mémoire, qui me rappelaient elles-mêmes les vagues qui avaient été le dernier linceul écumeux de la pauvre Angie.

Pour la première fois, je ne savais pas ce que j'allais faire du reste de ma vie – car, je n'en doutais pas, ce reste venait de commencer.

Qu'est-ce que le reste de la vie ?

C'est ce moment si particulier de l'existence où l'on sait, avec certitude, que tout ce que l'on vivra jusqu'à son dernier jour, le meilleur comme le pire, a déjà été vécu.

Ce moment où l'on sait que toutes les sensations à venir, bonnes ou mauvaises, ne seront jamais que la répétition de sensations anciennes et déjà éprouvées.

Le reste de la vie, c'est ce qui advient quand, par un décret du destin, rien d'inédit ne peut plus surgir dans l'existence. Ni un paysage. Ni un être. Ni un désir. Ni un chagrin.

Pour certains, ce reste ne commence jamais – car la Providence leur a réservé ses émotions sans cesse renouvelées.

Pour d'autres, moins chanceux, il commence très tôt.

Ce reste m'atteignait, moi, à ce moment précis.

Comme si ma vie était finie – mais qu'elle continuait. Sur un mode terne. Ni triste ni joyeux. Monotone comme un glas.

J'avais été surpris par un appel de Monsieur Emil.

De toute évidence, la mort d'Angie ne le bouleversait pas particulièrement.

Il avait appris le drame par « Madame Blanche » qui avait tenu à le dédommager, alors qu'il n'exigeait rien, avec beaucoup de générosité.

Il me confia, au passage, qu'il avait décidé de fermer le Flamant Rose.

« Vous comprenez, hein, le temps passe… Et puis, j'envisage de retourner en Roumanie… Le climat, la famille, les amis d'enfance… »

Je n'avais pas eu envie de lui demander pourquoi il s'était fait passer pour le père d'Angie, mais il m'avait devancé :

« Pour les papiers, l'administration, les démarches à la préfecture… Ça facilite les choses de dire qu'on est de la même famille, hein… Madame Blanche a insisté pour que je fasse parvenir à la vraie famille d'Angie une somme bien respectable. Ils ont été ravis, vous pensez… Ils bénissent Madame Blanche… Pour eux, c'est une sainte. Je suis sûr qu'ils prient pour son bonheur… Avec les Roumains, c'est comme ça : on n'a jamais affaire à des ingrats… »

– 66 –

En une année, j'avais perdu à peu près tous mes amis. Le téléphone ne sonnait plus. Je me promenais sous les arcades du Palais-Royal et ne m'aventurais que rarement au-delà de la Seine ou de l'Opéra. J'avais envisagé de faire un grand voyage – puis j'y avais renoncé. L'époque était finie où, dans l'état d'esprit qui était alors le mien, on se consolait avec « la mélancolie des paquebots » et « les froids réveils sous la tente ».

J'étais seul. J'acceptais quelques invitations. Le monde me paraissait définitivement fade.

C'est dans cet état d'esprit que je retrouvai, un jour, dans la poche d'une veste, le petit bout de papier sur lequel figurait un nom, Irina, et un numéro de téléphone que je composai aussitôt. Je la revis le soir même. Ses cheveux étaient toujours aussi courts et blonds. S'ensuivit un dîner rapide dans un restaurant de la rue de Richelieu. Avec des rires. De la bonne humeur. Des sourires. Cette fille était intelligente. Elle ne posait aucune question. Après quelques semaines, je lui proposai d'occuper une chambre au bout de mon appartement. Elle accepta. Sa douceur et sa voix m'apaisaient.

À partir de là, Irina sut me rendre mille petits services. Elle apprit à conduire, à taper à la machine, à trier mon courrier, à recevoir les avocats et les conseillers qui s'occupaient de mes affaires. Souvent, elle me conduisait sur des routes de campagne autour de Paris. Nous roulions au hasard. Nous nous arrêtions dans des petits hôtels anonymes où nous occupions deux chambres séparées. Certaines nuits, elle me rejoignait dans mon lit. À mon réveil, elle n'était plus là. Nous ne parlions jamais des étreintes qui nous avaient pourtant réconciliés avec quelques instants de vie. Quand je lui demandais, à l'occasion, ce qu'elle attendait de l'existence, elle me répondait avec étonnement : « Il manque rien à moi… Très heureuse comme ça… »

J'avais l'impression, à certains moments, d'être tombé par mégarde dans l'un des premiers chapitres de cette *Graziella* dont je m'étais tant moqué.

Les années passèrent. De temps à autre, une femme traversait ma vie – mais cette traversée était brève. Bientôt, il ne m'arriva plus rien. Mais Irina était toujours là. Quand je pris la décision d'écrire ce livre, il me parut évident que c'était à elle que je devais le dicter.

Parfois, je perdais un peu l'esprit.

Il me semblait même qu'Aragon me rendait visite dans mon cabinet de travail. Qu'il plaisantait avec Irina, lui caressait les seins et que, penché par-dessus son épaule, il surveillait ce qu'elle était en train de transcrire sous ma dictée. D'ailleurs, il n'hésitait pas à rectifier une métaphore ou l'incipit d'un paragraphe. C'est lui, par exemple, qui me conseilla (Ô, je ne me permettrais pas de l'affirmer…) de composer ce récit en soixante-six chapitres afin de ne pas oublier que le diable, qui n'existe pas plus que les dieux, s'était bien amusé à mes dépens.

Un jour, alors que nous déjeunions près des Champs-Élysées, Irina eut envie de faire quelques pas dans le quartier et nous nous étions retrouvés, rue de Ponthieu, devant la cour au fond de laquelle se trouvait autrefois le Flamant Rose.

Évidemment, il n'existait plus, même si l'on avait conservé les chameaux et les girafes de néon.

À la place, il y avait une agence de tourisme spécialisée dans les destinations ensoleillées.

Une affiche collée sur la vitrine signalait quelques promotions. Elle proposait des tarifs avantageux pour les jeunes mariés qui auraient eu envie de faire un voyage de noces à Capri.

ÉPILOGUE

Au téléphone, il m'avait dit :

« Venez, ça me fera plaisir… Ne tardez pas trop… En fin de journée, oui… Je me sens mieux en fin de journée… »

Il avait la voix tremblante d'un homme qui s'éteint.

Quand je suis arrivé rue de Montpensier, l'obscurité précoce des journées de janvier avait déjà pris possession de la ville. Les bassins du Palais-Royal s'étaient pétrifiés sous le regard du froid et des statues. De rares passants, poussés par un vent glacé, se hâtaient sous les arcades où rôdait encore le fantôme du neveu de Rameau.

En sortant du taxi qui venait de me déposer, je m'étais demandé pourquoi l'hiver, qu'une esthétique intelligente associe souvent au diamant, à la perfection, à la lucidité, était pour moi, et depuis toujours, le lieutenant de la mort.

On m'avait prié de patienter dans le cabinet de travail où nous avions autrefois dîné, mais à peine y étais-je installé que la jeune femme avec cravate et casquette qui m'avait servi de chauffeur entra dans la pièce. Son beau visage était sombre. Peut-être avait-elle pleuré car elle tenait encore un petit mouchoir brodé qu'elle pressait par instant sur ses paupières rougies.

« Monsieur ne pourra pas recevoir vous, me dit-elle avec cet accent adorable qui m'avait déjà troublé… Lui, souffrir beaucoup aujourd'hui… Lettre, pour vous… »

Et elle me tendit une enveloppe que je m'empressai de lire devant la messagère qui attendait peut-être une réponse :

Cher ami,

Les choses se précisent… Encore quelques semaines, peut-être un mois ou deux… Ne me plaignez pas, je suis prêt.

En vous écrivant ces lignes, je me souviens de la première lettre que je vous avais jadis déposée à la réception de notre Grand Hôtel… Mon Dieu, comme nous avions raison d'être heureux ! Et pourtant, j'ai la certitude tenace que c'est là, au sein de cette année particulière, qu'est né l'ennemi qui, après m'avoir grignoté en silence, semble avoir redoublé d'appétit ces derniers jours. Le Mal, voyez-vous, prend toujours son élan sur une douleur, sur une joie, sur une émotion trop intense…

Désormais, il n'est pas impossible que je m'en aille sans savoir ce que vous avez pensé de mon manuscrit. Et, même, sans avoir envie de le savoir… Après tout, n'est-ce pas aussi bien ainsi ? Il me fallait revivre, en détail, les épisodes de cette année-là… Et, en les revivant, j'ai eu parfois l'impression d'en jouir et d'en souffrir à nouveau, avant de mieux les comprendre. Je n'aurais donc pas perdu mon temps.

Mon désir, pourtant, n'a pas changé : une publication, si vous en êtes d'accord, sans mon nom. Irina, la délicieuse conductrice qui vous remet cette lettre et que vous devez reconnaître si vous m'avez lu, en sait presque autant que moi sur tous les détails qui pourraient vous manquer. C'est une personne loyale et fidèle. Elle croit me devoir quelque chose alors qu'en vérité c'est moi qui suis son débiteur.

S'il existe un autre monde, on s'y retrouvera certainement. Et vous me raconterez tout de l'accueil qui aura été réservé à mon livre si, d'ici là, vous avez la bonté de l'accompagner jusqu'à son existence publique. De toute façon, cette affaire s'éloigne de moi à présent et je ne m'y intéresse presque plus.

À vous, cher ami, je souhaite le meilleur.

La jeune femme qui m'avait remis la lettre m'observait de ses grands yeux gris tandis que je lisais. Elle m'avait ensuite raccompagné jusqu'à la porte en me faisant savoir qu'elle me préviendrait si…

J'avais essayé, au cours des jours suivants, de joindre mon « ami de Capri », mais la voix d'Irina me répondait, chaque fois, qu'il lui était impossible de me recevoir, ni même de me parler.

La fatigue, les médecins, le surmenage, quelques séjours en clinique, me disait-on…

Les raisons que l'on m'opposait me paraissaient si inquiétantes que j'avais fini par échafauder deux hypothèses : soit on ne souhaitait plus me revoir, ni même connaître mon opinion sur les pages que j'avais lues ; soit mon ami était gravement souffrant – mais alors pourquoi me priver de lui faire mes adieux et de lui dire, avec ménagement, et avant qu'il ne soit trop tard, ce que je ferais du manuscrit qu'il m'avait si solennellement confié ?

D'où mon regret, sans doute exacerbé par le désœuvrement qui était désormais le mien, d'avoir trop vite perdu contact avec un homme que j'avais appris à estimer, et auquel je m'étais curieusement attaché – et, même, identifié…

En attendant, il ne me rappelait pas. De sorte qu'après avoir lu et relu son manuscrit, je l'avais abandonné dans un tiroir en me persuadant, sans certitude, qu'il n'en ressortirait jamais.

Que lui aurais-je répondu, d'ailleurs, s'il m'avait reçu et demandé ce que j'en avais vraiment pensé ? Aurais-je osé lui parler franchement ? Et ma franchise aurait-elle su à quel degré elle devait se fixer sur l'échelle que j'avais jadis parcourue en tous sens, et qui va du mensonge à l'hypocrisie, puis à la sincérité ? L'histoire que ce récit proposait, dont j'étais désormais si familier, était devenue, par certains aspects, un peu la mienne. J'avais l'impression d'être, moi aussi, un intime de Blanche, de Zita ou de Cornelius, et même de ce Fulvio dont l'allure, la bâtardise et le prénom me rappelaient tant de silhouettes napolitaines jadis côtoyées. Ces pages, de plus, avaient su raviver mon envie de nager près de la Grotta Azzurra ou de la Fontelina. On m'avait rendu, tels que je m'en souvenais, les parfums de menthe et de jasmin, le chemin de la Villa Jovis et du Cap

Masullo, la mer incandescente et violette, les ivresses d'été – le bonheur... Ces pages avaient relancé ma nostalgie de « l'Île Magique », ainsi que de toutes les saisons que j'avais trop vite enfouies dans un passé si brièvement lumineux.

Quant au reste, qu'aurais-je pu en dire ? Je n'étais plus éditeur depuis deux mois et j'avais déjà perdu le goût des opinions péremptoires qui faisaient ma spécialité professionnelle. Je n'avais même plus de religion littéraire. Ou alors, j'en avais plusieurs qui se contredisaient l'une l'autre. L'époque avait faussé mes réflexes. Je doutais de tout. Et, d'abord, de mon propre jugement. Qu'est un bon manuscrit ? J'avais passé ma vie à le savoir – et, soudain, je ne le savais plus.

Quelques semaines plus tard, pourtant, il y avait eu, à nouveau, cet appel téléphonique :

« C'est Irina... le chauffeur... Vous vous souvenez ? Notre ami... Notre cher ami... Lui parti cette nuit... Il m'avait demandé de prévenir vous... Dans quelques jours... Cimetière de Montmartre... Vous recevoir bientôt précisions... »

Ces quelques paroles m'avaient bouleversé.

Comme toujours dans ces cas-là, mon accablement n'était qu'une modalité de la compassion que je me réservais à moi-même. J'étais à peine plus jeune que l'homme qui venait de mourir. J'étais donc entré, moi aussi, dans l'espace où la mort cesse d'être une fantasmagorie plus ou moins redoutable. Cette simple évidence me glaça le sang et ne fut pas pour rien dans l'émotion qui s'était alors emparée de moi. Pendant plusieurs jours, je n'avais cessé de remuer des images anciennes : la terrasse du Grand Hôtel, Graziella, la sprezzatura, Aragon, la wagnérienne de Ravello, cette femme splendide… Serait-ce donc bientôt mon tour ? Or, je n'étais pas prêt. Pas du tout. J'avais même décidé, par superstition, de ne jamais l'être. La mort, me rassurais-je, est peut-être moins aveugle, voire plus délicate, qu'on ne le croit. Et qui sait si elle n'engloutit pas, d'abord, ceux qui, ayant déjà mis de l'ordre dans leurs affaires, sont plus disposés que d'autres à recevoir son terrible baiser ?

Le jour dit, je m'étais donc retrouvé dans le cimetière de Montmartre où Irina m'avait donné rendez-vous.

Un printemps timide perçait les branches à peine reverdies des saules et des peupliers. Il y avait même, ici ou là, quelque chose de pimpant dans ces allées bordées de bouquets, d'arches et de statues. Seules quelques personnes, des domestiques sans doute, étaient présentes. Irina leur donnait des indications précises afin qu'ils dirigent à leur tour les employés des pompes funèbres. Aucun service religieux n'avait été prévu. Aucun discours. Le cercueil avait été respectueusement exposé, puis placé dans le caveau familial. J'avais aperçu, toute proche, la tombe de Stendhal. Pendant quelques secondes, j'avais imaginé que le Consul et le Ministre Conseiller auraient peut-être plaisir à échanger quelques souvenirs sur les mérites comparés des Napolitaines et des Toscanes. Mais ne m'avait-on pas appris, tristement, que la sympathie ne circulait pas parmi les morts ?

La cérémonie – ah, ce mot ! Pourrais-je jamais, à l'avenir, l'employer dans le sens ordinaire qu'on lui donne ? – venait de commencer, quand une voiture imposante s'arrêta à proximité de la division où nous nous trouvions. En était sortie une femme dont le visage était dissimulé par une mantille noire. Elle fut bientôt suivie d'une autre femme à la peau légèrement ambrée dont le turban rouge et vert me laissa penser qu'elle pouvait être la fameuse Zita. La femme à la mantille était très élégante. Ses gestes s'imposaient. Elle s'approcha du caveau, se découvrit, s'inclina avec une émotion admirablement théâtrale, et déposa un baiser sur le cercueil. Puis elle sourit à chacune des personnes présentes, avant de remonter dans sa voiture. Sa servante, elle, était restée à bonne distance et ne s'était pas inclinée devant le défunt.

Irina me murmura quelques mots :

« Monsieur m'avait demandé de prévenir elle aussi… Elle était en Amérique… Si vous avoir lu, facile deviner qui elle est… C'est première fois que moi voir elle… Encore très belle, je pense que… »

Le vent et le bruissement des peupliers ne me permirent pas d'entendre la fin de sa phrase.

J'avais, bien sûr, reconnu Mme de N… Elle avait conservé un peu de l'éclat foudroyant que je lui avais vu vingt ans plus tôt quand je l'avais aperçue sur la terrasse du Grand Hôtel. J'aurais voulu me rapprocher, lui parler. Lui dire… Mais lui dire quoi, au juste ? Il faut se défaire de cette manie de prétendre tout dire aux gens. Et admettre, une fois pour toutes, qu'on n'est sur terre que pour se croiser et, dans le meilleur des cas, échanger seulement quelques mots.

De même, j'aurais volontiers bavardé avec Irina – il me semblait naturel, dans ma tête, de l'appeler ainsi – si elle m'y avait invité. Je crus, à l'un de ses regards, qu'elle allait le faire puisque, aussi bien, nous étions les seuls vivants à connaître toute l'histoire – et cela créait quelques liens entre nous. Mais elle ne devait pas l'entendre ainsi. Dès que la cérémonie s'acheva, elle disparut avec les trois ou quatre personnes qui l'accompagnaient. J'étais certain que je ne la reverrais plus. Et cette certitude, je l'avoue, me pinça le cœur.

J'avais d'abord envisagé de rentrer chez moi en taxi, puis je changeai d'avis. Le printemps revenait. Les rues de Paris étaient agitées et joyeuses. La vie, l'increvable vie, reprenait son cours sans que rien ni personne se mêle de l'interrompre. De retour chez moi, j'avais eu envie d'ouvrir le tiroir où dormait encore le manuscrit. Qu'allais-je bien en faire ?

J'avais songé, dans un premier temps, à l'adresser de façon anonyme à quelques maisons d'édition – mais toutes finiraient par souhaiter rencontrer l'auteur et, en me voyant, elles ne manqueraient pas de flairer une supercherie. À coup sûr, on s'imaginerait que j'étais le véritable auteur de ce livre, et que je m'étais abrité derrière des artifices, fort classiques au demeurant, pour décrire sans risque des mœurs, des vices et des turpitudes dont j'aurais moi-même l'expérience. Aurais-je dû, alors, expliquer à chacun que, ce faisant, ils me prêteraient une dépravation enviable, mais dont le décor, l'audace, le raffinement, restaient largement au-dessus de mes moyens ? Ainsi qu'une impudeur dont je me sais, hélas, dépourvu ?

Réflexion faite, je pris la décision d'encadrer ce récit d'un avant-propos et d'un épilogue explicatifs, puis de déposer l'ensemble sur le bureau de ceux qui m'avaient succédé dans les bureaux de la rue des Saints Pères. Mes anciens collègues étaient bons lecteurs. Ils me connaissaient assez pour ne pas me confondre avec le véritable auteur de ce récit. Et ils sauront à coup sûr, devant un tel manuscrit, ce qu'il convient d'en penser – et d'en faire.

Composition Maury-Imprimeur

Cet ouvrage a été imprimé par
Grafica Veneta à Trebaseleghe
pour le compte des éditions Grasset
en juin 2020

PAPIER À BASE DE
FIBRES CERTIFIÉES

Grasset s'engage pour
l'environnement en réduisant
l'empreinte carbone de ses livres.
Celle de cet exemplaire est de :
1,2kg éq. CO_2
Rendez-vous sur
www.grasset-durable.fr

N° d'édition : 21545
Dépôt légal : septembre 2020
Imprimé en Italie